Webcam girls

Jonge Lijsters 2013

ISBN 978 90 01 82612 3

Theo & Marianne Hoogstraaten

Webcam girls

2013
Noordhoff Uitgevers BV, Groningen/Houten

Hoofdstuk 1

'Niet zeiken, Carlo. Zuipen! Je bent toch geen mietje?'

Ronaldo en Mike dronken de plastic bekertjes die June had gevuld in één teug leeg.

Carlo aarzelde. 'Ik moet kotsen,' kreunde hij.

'Als hij nu gaat sproeien, hebben wij gewonnen,' zei June triomfantelijk. Het kostte haar moeite om de fles in haar hand zo te richten dat de inhoud in haar bekertje en dat van Linda en Cindy belandde.

'Ho ho. Jullie hebben dit rondje ook nog niet op.' Ronaldo's stem klonk redelijk normaal en hij stond nog vast op zijn benen. Minachtend keek hij naar Carlo, die bijna een kop kleiner was dan hij.

'O nee? Moet jij eens opletten,' zei Cindy. Haar ogen gleden over Ronaldo's atletische gestalte naar zijn gebruinde gezicht en zijn donkere ogen. Daarna keek ze Linda aan en knipoogde. Vrijwel synchroon pakten ze het bekertje van tafel, gooiden hun hoofd achterover en goten het leeg in hun keel. 'Kom op, June,' moedigde Cindy aan.

Junes handen trilden zo dat er wat drank over de rand van haar bekertje gutste toen ze het oppakte. Toch lukte het haar om het naar haar mond te brengen en het leeg te drinken. Ze wankelde op haar benen en plofte snel in een van de plastic tuinstoelen die rond de tafel voor de oude caravan stonden. Haar lange, blonde haar zwaaide in haar gezicht. Met een achteloos gebaar veegde ze het weer naar achteren.

'Alleen jij nog, Carlo. Iedereen lacht zich rot als we ons er door drie meiden onder laten zuipen.' Mike pakte Carlo's bekertje op en hield het vlak voor zijn gezicht. 'Zullen Ronaldo en ik je helpen?'

Ronaldo wachtte niet op instemming. Met een ruk trok hij Carlo's hoofd achterover. 'Smoel open,' siste hij.

Carlo bleef zijn lippen stijf op elkaar houden, tot vreugde van de meisjes, die in een overwinningsroes kwamen.

Cindy stond op, pakte haar mobieltje en maakte een foto. 'Sukkels,' kreeg ze er met moeite uit. 'Beeldvelslag op intelnet.' Ze boerde luid en begon ongecontroleerd te lachen, met vreemde, hoge uithalen.

'Giet het erin, Mike,' snauwde Ronaldo. Zijn lippen waren net zo samengeperst als die van Carlo. In zijn donkere ogen laaide de woede op. Hij trok het hoofd van Carlo nog verder naar achteren.

Mike aarzelde. Onverwachts schoot zijn hand naar voren. Met duim- en wijsvinger kneep hij Carlo's neus dicht waardoor zijn mond vanzelf openging. Snel goot hij de drank erin, legde zijn hand op zijn mond en dwong hem te slikken.

Carlo zwaaide heen en weer in zijn stoel toen Ronaldo hem losliet. Hij zag lijkbleek, zweet parelde op zijn gezicht. 'Ik moet kotsen,' herhaalde hij.

'Als je het maar uit je bezopen kop laat,' zei Ronaldo dreigend. 'Quitte, dames. Volgende ronde, van alles wat. Ik mag inschenken.'

Zonder te morsen schonk hij de zes bekertjes voor ongeveer eenderde vol met wodka, goot er daarna tequila bij en vulde ze ten slotte tot aan de rand met whisky.

'Ik zal zelf het goede voorbeeld geven.' Grijnzend pakte hij zijn bekertje op, bracht het naar zijn lippen en klokte het in een keer naar binnen. 'Nu jij, Cin.'

Cindy zag kans haar stoel zo ver naar voren te kiepen, dat ze zonder op te staan haar bekertje kon pakken. Voorzichtig nam ze een slok. 'Lekkel,' lispelde ze. Langzaam dronk ze de mix op en liet het bekertje daarna op de grond vallen.

'Nu Callo,' zei ze hikkend. 'Lekkel, joh.' Ze zuchtte diep, gleed van haar stoel en plofte op de groen uitgeslagen terrastegels. Onder haar omhoog geschoven hemdje glinsterde een navelpiercing.

'Welterusten Cindy,' zei Ronaldo. Zijn ogen bleven op haar blote buik en haar piercing rusten. 'Jij bent, Mike.'

'Eerst Carlo. Cindy heeft hem aangewezen,' zei June lijzig. 'Wel eerlijk spelen, hè.' Ze stond op van haar stoel en liet zich naast Cindy op de grond zakken. 'Hallo Cinny, hoe ist?'

'Koud,' mompelde Cindy. Ze draaide zich op haar zij en trok haar knieën op.

'Je kunt zo niet blijven liggen, hoor,' zei June. 'Help eens, Lin.'

Met veel moeite hesen de meisjes hun vriendin overeind en werkten haar in een tuinstoel. 'Je moet gaan lijnen, Cin,' grinnikte Linda. 'Je bent te zwaar voor ons.'

De jongens probeerden opnieuw een bekertje in Carlo's mond te gieten. Voor het helemaal leeg was, begon Carlo te hoesten. Hij

schokte naar voren. Een golf braaksel gulpte over Mike's spijkerbroek en droop langs zijn pijpen naar beneden.

Met een schreeuw sprong die achteruit. 'Shit! Gore smeerlap!' Verbijsterd staarde hij naar de stinkende smurrie op zijn
broek.

'Dank je wel, Carlo.' June legde het tafereel vast met de camera
van haar mobiel. 'Zie je wel dat meiden beter kunnen zuipen dan
jongens, Ronnie?'

'Fuck! Heb ik dat?' Ronaldo keek kwaad naar Carlo, die voor-
overgebogen zijn maag leegde in de bosjes. 'Wat een loser. Ga je
mee, Mike. We gaan wel zonder hem stappen.' Hij haalde zijn
scooter die naast de caravan stond van zijn standaard en startte
de motor.

'Wacht even, Ronnie,' protesteerde June. 'Jullie moeten nog
betalen.'

'Niet op gerekend. Volgende week, anders heb ik vanavond
geen geld meer. Schiet op, man, ik ga hier geen wortel staan schieten,' beet hij Mike toe.

Die stond zichtbaar minder vast op zijn benen dan zijn vriend
en maakte een hulpeloos gebaar naar zijn broek. 'Zo kan ik niet
mee.'

'Oké. We rijden eerst naar je huis, dan kun je wat anders aan-
trekken.'

Mike schudde zijn hoofd. 'Als mijn ouwelui me zo zien... Ik
mag minstens een week de deur niet meer uit.'

'Sorry,' mompelde Carlo. 'Ik kon het echt niet binnenhouden.'

'Rot toch op, man.' Mike deed een stap in zijn richting, maar
moest zich snel aan een stoel vastpakken. 'Ga ergens anders staan
zieken.'

Met een doodongelukkig gezicht draaide Carlo zich om en
strompelde over het modderige pad langs de wei naar het woon-
wijkje aan de rand van het dorp.

'Dan moet je je broek maar laten opdrogen,' stelde Ronaldo
voor.

'Het blijft wel stinken, Mike,' pestte Linda. 'Daar jaag je de
meisjes mee weg.'

'Mike het stinkdier,' grinnikte June.

'Ach barst, trut,' schold Mike. Hij liet de stoel los, liep in redelijk rechte lijn naar de scooter en klom achterop.

Voor hij wegreed draaide Ronaldo de gashandel een paar keer wijd open, zodat de uitlaat een wolk gas in de richting van de drie meiden spoot.

Linda begon te hoesten. Ze zwabberde op haar benen. 'Eikels, fucking losers,' schreeuwde ze de wegslingerende scooter na.

Gekreun op de achtergrond. Cindy was weer op de grond gegleden. 'Ik ben zo misselijk,' klaagde ze.

June boog zich over haar heen. 'Zullen we je naar huis brengen?'

'La me toch,' mompelde Cindy.

'Je kunt zo echt niet blijven liggen. Help nog eens, Lin.' Met veel moeite kregen ze Cindy weer op haar benen. June hield haar arm vast om te voorkomen dat ze zou omvallen.

Linda hield een hand tegen haar maag gedrukt en leunde zwaar op een stoel.'Ik kan nie kotse,' kreunde ze.

'Vinger in je keel steken,' adviseerde June.

Het werkte. Linda's maaginhoud spatte op de tegels. 'Dat voelt beter,' kreeg ze er moeizaam uit.

'Jij bent het in ieder geval kwijt. Nog even volhouden. Cin moet in de caravan. Pak jij haar andere arm.' Met veel getrek en geduw kregen ze Cindy het trapje op en struikelden door de openstaande deur naar binnen.

Cindy liet zich languit op een bank langs de wand vallen en bleef met haar ogen dicht roerloos liggen.

'Lekker plekkie om te pitten,' lalde Linda.

June schudde Cindy heen en weer. 'Heb je 't hier niet meer koud, Cin?'

Geen reactie.

'Jesses, ze lijkt wel dood,' fluisterde Linda. De schrik ontnuchterde haar een beetje. 'Voel haar pols eens.'

June pakte Cindy's pols. 'Tikt lekker,' zei ze opgelucht. 'Haar hand is wel ijskoud. Hoe voel je je, Cin?' vroeg ze dicht bij het gezicht van haar vriendin.

Opnieuw geen reactie.

'Da's foute boel, June.' Linda's stem klonk paniekerig. 'Er moet een dokter komen. Zal ik 112 bellen?'

'Ze vermoordt je als haar ouders erachter komen dat ze zich soms helemaal klem zuipt. Een beetje kou geeft toch niet?'

June tikte met haar hand tegen Cindy's wang.

Er kwam opnieuw geen reactie.

Hoofdstuk 2

Ongeduldig trommelde Joke met haar vingers op het stuur van de auto. Wanneer je haast had leek het wel of een stoplicht extra lang op rood bleef staan. Volgens Tom, haar directe chef, had ze die trommelgewoonte overgenomen van haar vader, en Tom kon het weten, want hij had jaren met hem samengewerkt.

Met gierende motor trok ze op toen het licht eindelijk op groen sprong. Veel te hard reed ze daarna door de vanwege het late uur stille straten van Alkmaar. Met wat pech kreeg ze de politie nog achter zich aan en werd ze tot stoppen gedwongen.

'Sorry, collega's, ik ben op weg naar een plaats delict,' zou ze dan zeggen. 'Ik heb deze auto geleend van mijn vader en er zit helaas geen sirene op.' Ze grinnikte bij de gedachte aan de gezichten die de politiemensen zouden trekken terwijl ze haar legitimatie bestudeerden. Hoe kon zo'n meisje nou bij de recherche werken? En klopte haar leeftijd wel?

Inmiddels was ze aan dat soort reacties gewend geraakt. Ze zag er nu eenmaal een stuk jonger uit dan tweeëntwintig, zoals op haar legitimatiebewijs stond. Dat ze, na de Politieacademie, een praktijkcursus voor tactisch rechercheur was gaan volgen en dus nog in opleiding was, stond er niet bij.

Terwijl ze wat langzamer door de straatjes van een nieuwbouwwijk reed, nam ze in gedachten Toms telefoontje van zoeven nog eens door.

'Wil je alsjeblieft meteen in je auto springen en naar me toe komen?' had hij zonder inleiding gevraagd.

'Ik heb zelf nog geen auto, weet je dat niet meer. Is het zo belangrijk?'

'Een dode, in een indrinkkeet van jongeren die waarschijnlijk in de hens is gestoken,' zei Tom.

'Klinkt vreselijk! Zijn er getuigen?' had ze meteen praktisch gevraagd.

'Twee meiden. Ze beweren dat hun vriendin in die keet haar roes lag uit te slapen na een wedstrijdje comazuipen. Ze zijn nog behoorlijk in shock. Ik wil graag dat jij met ze gaat praten. Tegen jou doen ze makkelijker hun mond open dan tegen mij.'

'Ik vraag wel of ik pa's auto mag lenen. Zeg maar waar ik moet zijn.'

Ze parkeerde haar auto aan de rand van de wijk, die grensde aan een braakliggend terrein en een weiland. De brand was al geblust. Het zwartgeblakerde geraamte van de caravan, waarvan het dak was ingestort, maakte in de koplampen van twee erop gerichte surveillancewagens een spookachtige indruk. Rondom de plek waren rood-witte linten gespannen. Overal stonden druk pratende en gesticulerende wijkbewoners, die door agenten op afstand werden gehouden.

'Ha Joke. Fijn dat je er bent,' begroette Tom haar toen ze zich daarlangs had weten te werken. 'De brandweer is net weg. Die moest met spoed naar de andere kant van de stad.'

'Jammer. Heb je nog met ze gesproken?'

'Ja. Ze hebben er alleen een spuit op gezet om na te blussen. Als zo'n ding eenmaal brandt is het zo gebeurd. Toen ze kwamen stond er al niet veel meer overeind dan wat je nu ziet. Dat er iemand in zou kunnen liggen, hoorde ik pas nadat ze waren vertrokken, van twee meiden van een jaar of veertien, vijftien. Youssef heeft ze in een van onze wagens gezet. Ze hebben allebei flink gezopen, hoewel ze door de schrik iets ontnuchterd zijn, en zijn erg emotioneel. Mireille is nu bij ze.'

'Was bij ze, bedoel je.' Joke knikte naar een agente, die op hen af kwam lopen. 'Dag Mireille. Gaat het een beetje met die twee daar?' vroeg ze.

Mireille haalde haar schouders even op. 'Wat zal ik zeggen? Ze zijn in elk geval aanspreekbaar. Hoe zou jij je voelen als je ervan overtuigd bent dat je vriendin bij een brand is omgekomen?'

'Zwaar beroerd. Hoe weten ze trouwens zo zeker dat hun vriendin in die vuurzee lag?'

'Ze hebben haar zelf in die caravan gelegd en haar daar achtergelaten om hulp te halen.'

'Konden ze ook vertellen hoe lang dat meisje alleen in die keet heeft gelegen en hoe laat ze die hulp zijn gaan halen?'

'Nee. Voorlopig is het in die koppies een grote warboel.'

'Misschien dat jij er meer uit kunt krijgen, Joke. Daarom heb ik je opgeroepen,' zei Tom.

'Het is dus niet onmogelijk dat die vriendin daar al weg was toen de brand uitbrak?' stelde Joke vast.

Mireille haalde haar schouders weer op. 'Laten we het hopen. Wat denk je, Tom, kan de technische recherche dat snel vaststellen in die bende daar?'

'Dat weten we zo. Daar heb je Jan Witsen,' zei Joke toen ze het bekende geluid van een politiebusje hoorde. Met z'n drieën liepen ze ernaar toe.

'Wat een rotklus voor de zaterdagavond,' mopperde een man van rond de vijftig in een wit pak terwijl hij uitstapte en handen schudde. 'Jullie kennen Jules nog niet, een nieuwe collega,' stelde hij een jonge man voor die aan de andere kant het busje uitkwam.

Jules kon niet veel ouder zijn dan zij en hij voelde zich niet helemaal op zijn gemak, meende Joke te zien.

'Ben je hier soms in opleiding, net als ik?' vroeg ze toen ze hem een hand gaf.

'Eh... ja.'

'Dan kun je van Jan heel wat opsteken, hè Jan?' Ze gaf hem een vriendschappelijk klopje op zijn schouder. 'Denk je dat je al in de as kunt gaan zoeken?' vroeg ze. 'En kun je dan vaststellen of er stoffelijke resten liggen?'

Jules stond haar wat verbaasd op te nemen, zag ze.

'We kennen Joke allemaal al heel lang,' verduidelijkte Tom. 'Ze is de dochter van onze vroegere baas.

'O.'

Jan liep peinzend om de restanten van de caravan heen.

'Het dak is naar beneden gekomen, de wanden zijn zo te zien naar binnen gevallen,' zei hij. 'Als er zich een lijk bevindt, dan ligt er dus van alles overheen. Zodra ik daar zekerheid over heb, moeten er specialisten komen om het weg te halen. Het is nu een grote kledderboel en het licht is matig. Voorlopig kan ik niet veel anders doen dan foto's maken en sporen veiligstellen.'

'Ik zou graag willen dat jij intussen met die twee tienermeiden gaat praten, Joke,' zei Tom. 'Probeer er achter te komen waarom ze hun vriendin in die caravan hebben achtergelaten. Alleen omdat ze zich bewusteloos had gezopen en niet meer op haar benen kon staan? Of speelde er meer?'

'Oké, ga ik doen,' zei Joke.

'Dan gaan Mireille, Youssef en ik intussen wat vragen aan omwonenden stellen. Hopelijk zijn er mensen bij die iets hebben gezien.'

Hoofdstuk 3

Ze leunden tegen elkaar aan op de achterbank van de politieauto, de armen om elkaar heengeslagen. June snikte zachtjes en haalde steeds een hand over haar gezicht. Mascara had haar wangen zwart gekleurd. Linda zat als versteend door de voorruit te kijken. Haar vrije hand wriemelde onophoudelijk aan de onderkant van haar hemdje. Af en toe zakte haar hoofd opzij, op de schouder van June. Ze schrokken allebei toen het voorportier van de auto werd geopend.

'Hallo. Ik ben Joke.'

Een jonge vrouw ging op de bestuurdersstoel zitten en draaide zich naar hen om.

'Ik werk bij de recherche.' Ze haalde een legitimatie tevoorschijn en liet het zien. 'Anders zou je misschien denken: wat doet die meid hier zonder uniform?' Ze lachte ontwapenend. 'Gaat het een beetje met jullie?'

June schudde ontkennend haar hoofd. Linda bleef voor zich uit staren.

'Ik vind het vreselijk wat jullie over jullie vriendin hebben verteld.'

June begon weer verwoed in haar ogen te wrijven. 'Onze schuld, dat ze dood is,' klonk het gesmoord.

'Hoe weet je dat zo zeker?'

'Omdat... Wij hebben haar daar achtergelaten.' Haar stem trilde. Ze moest moeite doen om de woorden er verstaanbaar uit te krijgen.

'Jullie wilden hulp halen,' vulde Joke aan. 'Toch?'

June knikte. Linda reageerde niet.

'Waarom?'

'Ze was bewusteloos,' fluisterde June. 'Van de drank.'

'Had ze meer gedronken dan jullie?'

'Een hele beker mix. Een wedstrijdje, snap je?'

Joke gaf er geen antwoord op. 'Weet je nog hoe laat jullie haar hebben achtergelaten?' vroeg ze.

June keek Linda aan. Die haalde haar schouders op.

'Ik denk... een uur of negen,' antwoordde June.

'Toen was het dus nog licht,' stelde Joke vast. 'Die keet is rond kwart over elf afgebrand. Dat is twee uur later. In die tijd konden jullie toch gemakkelijk hulp halen?'

June staarde naar de vloer. Linda draaide haar hoofd naar Joke toe. 'Junes zus was niet thuis,' klonk het lijzig.

'Haar zus was niet thuis... En haar ouders dan?'

'Mijn ouders zijn gescheiden. Ma is een avondje stappen, met een nieuwe vriend, geloof ik. Nathalie zou zogenaamd op me passen.'

'Nathalie?'

'Mijn zus. Ze volgt een opleiding in de verpleging en loopt nu stage.'

'En zij zou wel raad weten met iemand die zich bewusteloos had gezopen?' probeerde Joke.

June knikte. 'Vast wel. Ik heb haar opgebeld en gevraagd om thuis te komen. Daarna zijn we gaan wachten. We waren strontmisselijk en voelden ons steeds rotter. Linda had al gekotst, ik heb dat thuis pas gedaan, maar het hielp niet echt.'

'Ik kon niet op mijn benen staan. Alles draaide,' zei Linda.

'En toen?'

'We zijn in mijn kamer op bed gaan liggen wachten.'

'Hoelang heeft dat geduurd?'

'Ik weet het niet meer zo goed, alleen weet ik dat ik me nog nooit zo rot heb gevoeld.'

'Toen Nathalie kwam zei ze dat onze keet in de fik stond.' Er brak iets bij Linda. De tranen stroomden opeens over haar wangen.

'We zijn er direct heen gegaan. Ik heb er zo'n spijt van dat we Cindy hebben achtergelaten,' zei June met verstikte stem.

'Ze heet dus Cindy. Wat is haar achternaam?'

'Van Velzen.'

'En heeft een van jullie al met Cindy's ouders gesproken?'

June begon ook te huilen. Geen van beide meisjes gaf antwoord.

'Ik begrijp het. Niet zo'n slimme vraag van me,' zei Joke. 'Als jullie me haar adres geven, zullen wij dat doen. Misschien is ze gewoon thuis.'

'Nathalie is er al heen geweest, maar er was niemand thuis,' snikte June. 'Cindy zou bij mij blijven slapen. En nu...' Ze sloeg allebei haar handen voor haar gezicht.

'Ik zal zo met je zus gaan praten. Weet je waar ze is?'

'Hier ergens in de buurt. Zal ik haar bellen?'

'Graag.'

June peuterde haar mobieltje uit haar broekzak, klapte het open, drukte een toets in en wachtte. 'Of je naar de politieauto wilt komen waar wij in zitten. Iemand wil je spreken,' zei ze met trillende stem.

'Ik begrijp dus dat bij June en bij Cindy niemand thuis is,' zei Joke. 'Zijn jouw ouders wel thuis, Linda?'

Linda bleef weer stug voor zich uit kijken.

'Waarom zijn jullie daar dan geen hulp gaan halen?'

'Je kent mijn vader niet. Hij is hartstikke streng.'

'Ze mag geen alcohol drinken. Hij wordt razend als ze dronken thuiskomt.'

Linda's onderlip trilde. 'Een hele maand huisarrest, geen zakgeld, mobieltje afgeven en computer afgesloten van internet. Dat overleef je toch niet?'

Joke zuchtte diep. 'Hoe oud zijn jullie?'

'Vijftien. Daar heb je Nathalie.'

Een oudere uitgave van June dook op naast de auto. Ze keek vragend naar binnen en zwaaide naar haar zus. June opende het portier.

'Kom er maar bij zitten,' zei Joke.

Linda en June schoven een stukje op om plaats te maken.

'Dag, ik ben Joke.' Ze haalde haar legitimatiebewijs weer tevoorschijn. 'Recherche. Wij gaan de brand onderzoeken. June zei zo-even dat jij bij de ouders van Cindy langs bent geweest. Klopt dat?'

Nathalie knikte. 'Er was niemand thuis.'

'Laat het verder maar aan ons over. Jij hebt die caravan in brand zien staan, vertelde June. Stond hij op dat moment net in de fik, of was hij al bijna uitgebrand?'

'Nee, de vlammen sloegen er uit. Ik zag nogal wat mensen die kant op lopen. Daarom ben ik ook gaan kijken. Zoals dat ding fikte... Toen wist ik nog niet dat Cindy erin lag.' Ze slikte iets weg en schudde haar hoofd. 'Ik kan het nog steeds niet geloven.'

'Het is pas zeker als haar stoffelijke resten zijn gevonden.'

June begon weer te snikken, Linda keek stug uit het raam.

'Weet je nog hoe laat het was toen je ging kijken?'

'Kwart over elf misschien. Ik heb even staan kijken en ben toen naar huis gegaan.'

'Waarom heb je zo lang gewacht voordat je naar huis ging? Je zus had je anderhalf uur daarvoor toch al opgebeld?'

'Ja hallo! Ik ben niet op afroep beschikbaar. June is geen kind meer, hoor. Ze was zo te horen straalbezopen en sloeg wartaal uit. Ik nam haar niet serieus.'

'Je zou toch een beetje op haar letten?' probeerde Joke.

'Dat zou ma wel willen. Als June me echt nodig heeft, ben ik er natuurlijk voor haar.' Ze sloeg een arm om Junes schouder. 'Nu had ik alleen niet door dat het ernstig was, omdat ze nauwelijks uit haar woorden kon komen.'

'Schrok je daar dan niet van?'

Nathalie haalde haar schouders op. 'Ach, het gebeurt wel vaker dat ze te veel zuipt. Laat jij je af en toe niet eens lekker vollopen? Zo oud ben je toch nog niet?'

'Nee, en zeker niet toen ik vijftien was. Oké, voorlopig weet ik genoeg. Het is hopelijk niet te veel gevraagd om June mee naar huis te nemen en vannacht bij haar te blijven?'

'Natuurlijk niet.' Het klonk verontwaardigd. 'Ze is toch mijn zus.'

'Dat is dan geregeld. Morgenochtend kom ik bij jullie langs, dat beloof ik. Dan weten we ook zeker of Cindy in de caravan lag.'

'En ik dan?' vroeg Linda benepen.

'Ik breng je naar huis en stel je ouders op de hoogte.'

'Alsjeblieft...' De tranen kwamen weer tevoorschijn. 'Kan ik niet met June en Nathalie mee naar huis? Dan bel ik daar wel op om te zeggen dat ik bij June blijf slapen.'

'Doe je dat wel vaker?'

'Af en toe. Meestal vinden ze het best.'

'Goed. Als jullie nog even blijven zitten, breng ik jullie naar huis. Eerst even horen of er nieuws is.'

'Wat een bitch,' zei Nathalie toen Joke was uitgestapt. 'Ze doet net alsof zij hier de baas is, terwijl ze niet veel ouder is dan ik.'

'Ik vind haar best aardig.' June leunde met haar hoofd op Nathalies schouder. 'Ik voel me zo waardeloos, omdat ik steeds denk dat het onze schuld is dat Cindy niet meer...'

'Jullie hebben die keet toch niet in brand gestoken?'

'Maar haar wel naar binnen gebracht en haar achtergelaten.'
Linda begon weer te snikken.

'Dan kan ik ook wel gaan denken dat het mijn schuld is omdat ik niet meteen kwam nadat June me had gebeld. Dat doe ik toch echt niet.'

Tom stond bij de rood-witte linten te praten met Jan Witsen, zag Joke toen ze uit de auto was gestapt. Zouden ze inmiddels weten of Cindy bij de brand was omgekomen?

'U mag hier niet verder.'

Een agent die ze nog niet eerder had gezien, hield haar tegen. Ze haalde haar legitimatie uit haar zak en liet hem die zien.

Hij bekeek haar een beetje wantrouwig. Toch deed hij een stap opzij om haar door te laten.

'Al iets bekend, Tom?'

Twee hoofden draaiden haar kant op.

'Helaas niet,' klonk het wat somber.

'We wachten tot morgen. Het is zo'n troep daar. We laten iemand komen die zich in dit soort zaken heeft gespecialiseerd,' zei Jan. 'Als wij met dit slechte licht aan de slag gaan, vernietigen we misschien sporen en bewijsmateriaal.'

'Bewijsmateriaal waarvoor?'

'Het lijkt er inderdaad op dat de boel is aangestoken,' zei Tom. 'Een van de bewoners van die huizen daar zegt dat hij een hele tijd een onbekende auto heeft zien staan, aan de rand van dit veldje, ongeveer op de plek waar nu onze auto's zijn geparkeerd. Hij is er vrij zeker van dat er tussen die auto en de caravan heen en weer is gelopen, misschien wel door meer dan een persoon.'

'Hoe laat was dat?'

'Rond elf uur.'

'Toen was het dus donker,' stelde Joke vast. 'Weinig kans dus dat hij die persoon of personen kan herkennen. Hebben de gesprekken met de bewoners nog iets opgeleverd?'

'Die indrinkkeet was niet geliefd hier. Er waren nogal wat mensen die er vanaf wilden. Als ze 's avonds in hun tuin zaten werden ze getrakteerd op geschreeuw en harde muziek, en op pubers die 's avonds laat of 's nachts lallend voorbij kwamen en in hun voortuinen piesten en kotsten, knetterende brommers, zulke dingen.'

'Zou ik ook niet leuk vinden,' zei Jan.

'Het wordt er voor ons wel moeilijker door om boven tafel te krijgen wat er precies is gebeurd.'

'Reken maar. Hoe is het met die meiden?'

'Aangeslagen, geven zichzelf de schuld. Ik ga ze naar huis brengen, als je het goed vindt.'

'Doe maar.'

'Heb je mij hier nog nodig?'

'Nee. Ga maar naar huis. Morgen zien we verder. Eerst moeten we zeker weten of dat meisje in die keet lag.'

Hoofdstuk 4

'Bedankt, hè!'

Ze staken alle drie hun hand op naar Joke, die hen voor de deur had afgezet, gelukkig niet in een opvallende politiewagen.

'Naar binnen jullie,' beval Nathalie. 'Ik ga jullie eerst een beetje oppeppen, en dan hebben jullie mij wat uit te leggen.'

'Wat dan?' vroeg June.

'Hoor je zo. Eerst koffie zetten.'

Terwijl Nathalie naar de keuken verdween, ploften June en Linda op de bank.

'Zou ze iets weten?' vroeg Linda achterdochtig. 'Dat kunnen we er nu echt niet bij hebben.'

June bleef een poosje voor zich uit staren voordat ze antwoordde: 'We moeten toch iemand in vertrouwen nemen, Lin?'

'Het heeft hier niets mee te maken.'

'Hij kan kwaad zijn geworden, omdat we er niet waren.'

Linda ging met een schok rechtop zitten. 'Nee,' kreunde ze. 'Nee, dat kan niet waar zijn.' Ze wilde nog iets zeggen, maar slikte het in omdat Nathalie binnenkwam.

'Hier, eerst allebei een glas water en een krentenbol. Iets anders kon ik niet vinden.'

'Ik heb nergens trek in. Ik heb me helemaal leeg gekotst, weet je nog?' protesteerde June.

'Daarom moet je juist wat in je maag krijgen. Het is maar goed dat je hebt overgegeven, anders had jij misschien ook in coma gelegen. Kom op, Linda, jij moet ook iets eten. En vergeet niet om je ouders te bellen, anders krijg je weer problemen met je pa.'

Linda pakte de krentenbol aan en zette er met zichtbare tegenzin haar tanden in. 'Ik wacht nog even met bellen, tot ze niets meer aan me merken.'

'Het is maar goed dat ze je niet kunnen zien. Alsof je regelrecht uit een lijkkist bent gestapt,' reageert Nathalie impulsief. 'Shit! Hoe kan ik zoiets nou zeggen?'

Linda sloeg haar handen voor haar gezicht, June barstte weer in tranen uit.

'Als we niet zo stom waren geweest, had Cin hier nu gewoon gezeten,' snikte ze.

'Daar wilde ik het dus over hebben,' zei Nathalie. 'Waarom hebben jullie me niet gebeld vanuit die zuipkeet? Ik begrijp niet dat jullie daar zijn weggegaan om hier op mij te gaan zitten wachten. Jullie hadden toch bij haar kunnen blijven?'

Het bleef lang stil. June en Linda gluurden naar elkaar en keken dan snel weer voor zich uit. Linda zuchtte diep.

'We durfden niet met z'n tweeën achter te blijven,' zei June bedeesd. 'We wilden alleen met jou erbij teruggaan.'

'Moet ik dit begrijpen?'

June en Linda wisselden weer blikken.

'Waren jullie ergens bang voor?'

Linda knikte.

'We waren te bezopen, zie je, en dan kun je het niet aan,' fluisterde June.

'Wat kun je dan niet aan? Jullie hielden daar een zuipwedstrijd met een stelletje knullen. Was die al afgelopen?'

'Ja. Wij hadden gewonnen. Cindy heeft het laatste bekertje mix...' June kreeg de rest er niet meer uit.

'Eerst maar eens koffie halen.' Nathalie liep naar de keuken en kwam even later terug met een dienblad met kopjes en een kan.

'En nu verder, graag. Wat konden jullie niet aan?' vroeg ze terwijl ze koffie inschonk.

'We hadden een afspraak.' Linda keek naar June, die bedeesd knikte. 'Via internet, met een jongen.'

'Bij de caravan?'

'Ja. Tussen tien uur en half elf. We wilden onze adressen niet geven, daarom hebben we daar afgesproken. We wisten toen nog niet dat we eerst een wedstrijdje comazuipen zouden houden. Op vrijdagavond om tien uur is er nooit meer iemand bij de keet, vandaar.'

'Klinkt heel logisch allemaal,' zei Nathalie cynisch. 'Een afspraakje dus, met een onbekende jongen via internet, die jullie adres niet te weten mocht komen. Houd nou eens op met dat fokking gedraaikont, en vertel in één keer wat er aan de hand is.'

'Hij heeft een foto van ons,' bekende June. 'Die zouden we terugkrijgen.'

'Een foto van jullie? Wat voor foto?'

'Geposeerd voor onze webcam. Je weet wel.'

'Niks je-weet-wel. Wat voor foto? Je gaat me toch niet vertellen dat jullie voor de webcam...' Nathalie keek de twee verbijsterd aan. 'Nee, dat geloof ik niet. Zo stom zijn jullie toch niet?' Ze schudde haar hoofd. 'Wat voor een foto, June? Hoe erg is het?'

'We hadden al heel vaak met hem ge-msn'd. Hij is hartstikke leuk, echt waar. Zoiets doe je niet zomaar.'

'Zoiets... Wat, June?'

'We waren een beetje aangeschoten,' zei Linda. 'En behoorlijk melig. Toen vroeg hij of we onze kleren wilden uittrekken.'

'En deden jullie dat?'

'Nee, natuurlijk niet.'

'Of we op het strand wel eens topless liepen, vroeg hij. Ja, heb ik geantwoord. We waren melig, zei ik toch.'

'Dan konden we nu toch ook wel onze borsten laten zien, zei hij. Maar als we niet wilden, moesten we dat zelf weten. Wel jammer, want hij werkte voor een fotograaf, die voor meiden zoals wij altijd wel werk had, als model, voor modebladen enzo. We zagen er te gek uit, volgens hem,' zei Linda.

'En toen hebben jullie je uitgekleed voor de webcam?' Nathalies stem trilde van ingehouden woede.

'Niet direct. Alleen als hij eerst zijn broek liet zakken. We hadden niet verwacht dat hij dat zou doen.'

'Wat zijn jullie een stelletje suffe dozen!' barstte Nathalie uit. 'Het stikt op het internet van de hufters die ongevraagd hun broek laten zakken en aan het gymnastieken slaan. Kotsmisselijk word je ervan. Hoe ver zijn jullie gegaan?'

'Eerst alleen onze blote borsten. Later hebben we ook nog een beetje gezoend en aan elkaar gezeten, voor de grap natuurlijk,' gaf June toe. 'Daar heeft hij een foto van gemaakt en die heeft hij opgeslagen. De rest heeft hij gewist. Die foto zou hij ons vanavond teruggeven.'

'Geloof je het zelf? Natuurlijk heeft hij jullie voorstelling niet gewist. Daar kun je leuke dingen mee doen. Domkoppen! Hoe is het mogelijk? En voor zoiets stoms hebben jullie Cindy dus alleen gelaten? Stupide bimbo's!'

Haar woorden kwamen als een zweepslag aan. June barstte weer in snikken uit; Linda liet zich opzij op de bank vallen en begroef haar gezicht in een kussen.

'Ik heb er zo'n spijt van,' klonk het gesmoord. 'Sorry, Cindy, dit heb ik niet gewild.' Haar hand zocht die van June. 'Zeg alsjeblieft dat het niet waar is, zeg dat Cindy gewoon hier vannacht bij ons slaapt.'

'Ik ben bang van niet. Even kijken of ik ma te pakken kan krijgen.' Nathalie haalde haar mobiel tevoorschijn, toetste een nummer in en bracht het naar haar oor.

'Gelukkig, je neemt op... Wat zeg je... Ga dan even naar buiten. Crisis hier.' Ze schudde verontwaardigd haar hoofd. 'Kan me niet verstaan door de muziek.'

Ze wachtte zuchtend. 'Ja, ik ben er nog... Crisis ja, te veel om even door de telefoon te vertellen... Ik heb mijn best al gedaan om June op te vangen, en nu wordt het me toch echt te veel... Dan vraag je toch of iemand anders je naar huis kan rijden. Noodgeval... Als je het per se wilt weten: June zit in de problemen omdat er een pornofilmpje met haar in de hoofdrol op internet dreigt te verschijnen... Ja, ik schrok me ook rot, en dat is nog niet alles... Je komt direct... Tot straks dan.'

Ze verbrak de verbinding en stopte haar mobieltje weer weg. 'Ma komt er onmiddellijk aan.'

'Waarom zeg je nu zoiets stoms over een pornofilmpje?' vroeg June verontwaardigd. 'Dat is helemaal niet waar.'

'Dat hoop ik voor je. Ma schrok zich een ongeluk van. Over Cindy moet je zelf maar vertellen.'

Ruim veertig lange en erg stille minuten later ging de voordeur open. Een vrouw met een bos rood, krullend haar, in een kort, zwart jurkje viel de kamer binnen. Sprakeloos keek ze naar June en Linda, die met de armen om elkaar heen geslagen op de bank zaten, met treurige, betraande gezichten.

'Is Nathalie er niet meer?' was het eerste wat ze wist uit te brengen.

'Ze is weggegaan toen we wisten dat jij zou komen. Freddy belde haar op, of ze nog terugkwam.' June liet Linda los en ging rechtop zitten. 'Het is niet waar hoor, mam, van dat filmpje.'

'Wat zeg je nou? Nathalie verzint zoiets toch niet?' Ze keek met een mengeling van ergernis en opkomende boosheid naar de twee meiden. 'Dat is toch niet waar, hè? Waarom zitten jullie daar dan te janken?'

'Cindy is dood,' fluisterde Linda.

'Wat?' De boosheid was op slag verdwenen. Ze schopte haar knalrode pumps uit, hing haar zilverkleurig handtasje aan een deurknop en ging naast haar dochter zitten.

'Wat vreselijk, lieverd,' zei ze terwijl ze June tegen zich aantrok. 'Waarom heeft Nathalie dat dan niet verteld in plaats van dat rare verhaal? Wat is er precies gebeurd?'

'Cin is verbrand, in onze keet, je weet wel,' zei June gesmoord.

'Verbrand?' Haar moeder keek haar verbijsterd aan. 'Wat verschrikkelijk voor haar ouders. Cindy... Ik kan het gewoon niet geloven. Hoe is die brand dan ontstaan?'

'Dat weten we niet. We waren er niet bij. June en ik hadden haar daar alleen achtergelaten. Ze was bewusteloos, omdat ze te veel had gedronken.'

'Mijn God! Jullie hadden ook te veel gezopen, zo te ruiken. Schamen jullie je niet? Cindy dood... Wat een drama! Hoe wisten jullie trouwens van de brand als jullie daar niet meer waren?'

'Van Nathalie. Omdat er een heleboel mensen naar toe liepen, is zij ook gaan kijken,' zei June.

Haar moeder schudde haar hoofd. 'Het is me allemaal nog niet duidelijk, maar dat komt zo wel. Ik begrijp trouwens niet waar Nathalie dat misselijke verhaal over een filmpje vandaan haalde.' Ze keek de beide meisjes indringend aan. 'Of zat er toch iets van waarheid in?'

'Linda en ik hebben een beetje dom gedaan, voor de webcam. Alsjeblieft mam, mag dit een andere keer? Het is niet iets om je druk over te maken. Wat er met Cindy is gebeurd is veel erger.' Ze verborg haar gezicht tegen de schouder van haar moeder.

'Zijn jouw ouders al op de hoogte, Linda?'

'Nee, nog niet. Mag ik alsjeblieft hier blijven slapen, Mona?'

'Vanzelfsprekend.'

'Wil jij ze voor me bellen en vertellen wat er is gebeurd? Ik durf het niet. Mijn vader hoort dan dat ik te veel heb gedronken en dat wil ik nu niet, snap je?'

Mona schudde opnieuw haar hoofd en zuchtte diep. 'Deze keer wil ik dat wel snappen, ja.' Ze liep naar de telefoon en pakte hem uit zijn houder.

'Voorkeuzetoets vier,' zei June.

Mona drukte die in en wachtte tot er werd opgenomen. 'Goedenavond meneer Kooistra, met de moeder van June... Nee, er is niets ergs met Linda, behalve dat ze erg van slag is.'

Op beheerste toon vertelde ze wat er was gebeurd. 'Linda en June zijn er helemaal kapot van en willen vannacht het liefst bij elkaar blijven om elkaar te steunen als dat nodig is... Nee, van slapen zal wel niet veel komen, dat vermoed ik ook.'

Ze luisterde. 'Nee, het is niet nodig dat u met haar praat. Ze hebben hun verhaal verteld en ik laat ze ook verder met rust om het te verwerken... Ja, ik zal het tegen haar zeggen. Welterusten.'

'Dankjewel, Mona,' zei Linda. 'Vroeg hij of ik aan de telefoon wilde komen?'

'Ja, maar dat wilde jij niet, vandaar mijn leugentje. Ik wil nu graag de rest van het verhaal horen. Hoe laat was die brand eigenlijk?'

'Ongeveer kwart over elf, geloof ik.'

'En wie heeft het Cindy's ouders verteld?'

'Ze waren niet thuis. De politie zou dat doen,' zei June. 'Ze gaan de brand onderzoeken. Hij is misschien aangestoken.'

'Het wordt hoe langer hoe erger,' verzuchtte Mona. 'Aangestoken, terwijl Cindy haar roes lag uit te slapen... Wie doet zoiets?' Ze haalde een hand door haar haar en stond op. 'Ik schenk even iets voor mezelf in. Nathalie heeft koffie voor jullie gezet, zie ik. Neem allebei nog een kop, om helder te worden, dan vertellen jullie me daarna precies wat er vanavond allemaal is gebeurd, zonder iets weg te laten. Dat lucht op, anders blijf je er maar mee zitten.'

Hoofdstuk 5

Met een plof liet Joke zich op haar stoel vallen en zette haar computer aan. Het bureau tegenover haar, waar Tom zou moeten zitten, was leeg. Misschien had hij de uitslag van het technische onderzoek naar de brand van de indrinkkeet gekregen.

Ze baalde ervan dat ze niet vroeger naar haar werk was gegaan. Gisteren was het hartstikke laat geworden. Haar oma vierde dat ze negentig was geworden, en dat kon je maar één keer doen. Toen haar kleindochter vanwege haar werk onverwachts werd weggeroepen, wilde ze het feestje best wat langer laten duren. En dus hadden ze met toosten gewacht tot ze terug was.

Daarna had haar vader haar apart genomen. Hij wilde een gedetailleerd verslag hebben van alles wat met die brand te maken had. Alsof hij nog in Alkmaar werkte!

Haar moeder had haar vanochtend laten uitslapen, in plaats van haar om zeven uur te wekken. Omdat ze gisteren overuren had gedraaid mocht ze vandaag later beginnen, zeker omdat het zaterdag was, volgens haar. Het was goed bedoeld, maar ongevraagd. Eigen schuld, had ze maar een wekker moeten zetten. Het had voordelen om op je tweeëntwintigste nog thuis te wonen, maar er kleefden ook nadelen aan. Haar moeder leek af en toe nog te denken dat ze een schoolmeisje was.

Misschien had Tom haar een e-mailberichtje gestuurd. Dat deed hij wel vaker. De jeugd communiceerde tegenwoordig alleen via mail, sms en msn, had hij een keer spottend gezegd. Hij paste zich, sinds zij hier werkte, wel aan. Kon hij zich weer wat jonger voelen.

Typisch Tom. Hij had haar vroeger ook altijd geplaagd, daarom was het moeilijk om er opeens mee te stoppen. Voor hem bleef ze blijkbaar het dochtertje van zijn chef, dat hem soms iets te verliefd aankeek. Ze bloosde terwijl ze daaraan terugdacht. Dat was al heel wat jaren geleden. Tom was toen nog niet getrouwd en kwam regelmatig bij hen over de vloer. Knappe Tommie, met zijn brede schouders en zijn strakke kontje, de stoere politieman, zeker voor een meisje van veertien, dat hij uiteraard helemaal niet zag staan.

Ze schudde de herinnering van zich af. Hij was nu getrouwd en had al een kind. Volwassen worden, Joke! Wordt het niet tijd zelf-

standig te gaan wonen in plaats van bij je ouders te blijven plak-
ken, of te gaan samenwonen. Dan moest je of genoeg geld verdienen, en dat deed ze niet, of een leuke jongen tegen het lijf lopen.
Wat vriendjes betreft was ze de laatste tijd echter steeds kieskeuri-
ger geworden, en veel tijd om uit te gaan had ze ook al niet.

Ja hoor, Tom had een e-mail gestuurd. Haar ogen schoten over
de regels: *Hoi Joke. Leuk feestje gehad nog? Laat geworden zeker. Onderzoek is in volle gang. Bel me even als je op het bureau bent. Tom.* Verzon-
den om 9.35 uur, nog geen half uur geleden. Als ze iets eerder was
geweest had ze hem hier getroffen. Ze pakte de telefoon en toetste
Toms nummer in.

'Hoi Tom, met Joke... Ja hoor, helemaal wakker en geen kater,
hahaha... Echt waar? Kunnen ze dat al snel met zekerheid zeggen... Ik kom er meteen aan... Nee, ik vraag wel of iemand van
de surveillancedienst me kan brengen. Die meiden moeten op de
hoogte worden gebracht, en ik had beloofd om vanochtend bij ze
langs te gaan... Onmisbaar ja, je begint het door te krijgen.'

Met een glimlach op haar gezicht zette ze de telefoon terug in
zijn houder.

June opende langzaam haar ogen. Ze knipperde tegen het licht
dat door een spleet in de gordijnen de kamer binnenglipte. In een
reflex deed ze ze weer dicht. Ze wilde niet wakker worden, niet
herinnerd worden aan wat er was gebeurd. Hoe stijf ze haar ogen
ook dicht kneep, beelden van gisteravond, zoals de uitgebrande
caravan, Cindy, Linda's betraande gezicht, de politieagente, kon
ze er niet door uit haar hoofd jagen. Met een zucht gaf ze zich over
en opende haar ogen weer.

'Ben je wakker, June? Heb jij een beetje geslapen?'

Linda's slaapdronken stem. Ze lag op een uitklapbed tegen de
muur tegenover haar.

'Gaat wel. Jij?'

'Niet erg. Ik barst van de koppijn.'

'Kater natuurlijk. Ik ben duizelig en nog een beetje misselijk.
Zullen we opstaan? Wil jij eerst onder de douche? Daar knappen
we misschien van op.'

'Ik kom wel achter jou aan.'

Even later stroomde het warme water over haar hoofd en haar
lijf. Ineens moest ze weer aan Cindy denken. Op slag was het pret-

tige gevoel weg en welde de misselijkheid weer op. Haar tranen verbijtend zette ze haar haren in de shampoo. Ze had ze net uitgespoeld toen de badkamerdeur openging.

'Kan ik een schoon slipje van je lenen?'

'Tuurlijk. Ik breng het je wel. Kom er maar direct onder, dan laat ik het water lopen.'

Terwijl ze langs Linda heen schuifelde en zich begon af te drogen, drong een tweede nare gedachte haar hoofd binnen. Naakt onder de douche was normaal, samen naakt voor een webcam was fokking shit. Stomme drank. Je werd er losser van, gezelliger ook, zeiden ze. Maar je ging er ook onwijs stomme dingen door doen.

De badkamerdeur ging opnieuw open. Haar moeder. Ze nam haar onderzoekend op, iets té onderzoekend, zo van: dus zo heeft mijn dochter zichzelf voor de webcam geshowd. Nee, dat dacht ze maar, zulke rare gedachten kreeg je nou als je jezelf in de uitverkoop gooide.

'Gaat het een beetje? Daar knap je van op hè, van een douche? Het ontbijt staat nog voor jullie klaar.'

'Hoe laat is het eigenlijk?'

'Bijna half elf. Ik heb jullie maar laten slapen, het is toch zaterdag.'

'Lief van je.'

Een kwartier later zaten ze met duffe gezichten aan de keukentafel. Mona had een eitje voor hen gekookt en sterke koffie gezet. Er hing een wat onwerkelijke stilte, alsof ze geen van drieën over Cindy durfden te beginnen. Het rinkelen van de telefoon zorgde bijna voor een schrikeffect. Mona nam op.

'Voor jou,' zei ze en gaf haar het toestel. 'Ronaldo.'

'Hoi, met June.' Ze luisterde. 'Weet je het nog niet... Je hebt alleen gehoord dat onze keet is uitgebrand... Niet van Cindy dus?' Haar stem haperde. 'Ze... ze lag nog in de caravan, ze...' Ze beet op haar lippen om de tranen te verdringen. 'Vertel jij het hem alsjeblieft, mam?' Ze gaf de telefoon aan haar moeder. 'Ik kan het niet.'

Mona pakte de telefoon aan en aaide haar even over haar hoofd. 'Dag Ronaldo. Je spreekt met Junes moeder. Het is nogal heftig, daarom neem ik het over... Ja, ze is verbrand, dat heb je goed begrepen... Afschuwelijk, ja. Het spijt mij ook heel erg. We houden je op de hoogte. Sterkte.'

'Hij wist nog van niets,' zei Mona terwijl ze de telefoon op tafel legde. 'Hij zal het aan zijn vrienden doorvertellen. Het kwam behoorlijk aan, zo te horen.'

'We hebben gisteravond met z'n allen wat zitten drinken bij de keet,' zei Linda. 'De jongens zijn daarna gaan stappen.'

Voordat Mona erop in kon gaan, klonk de voordeurbel. Ze stond op en liep de hal in om open te doen.

June keek haar vriendin aan en legde een hand op haar arm. In de hal klonk de stem van een vrouw. Vergezeld door de politie-agente kwam Mona de keuken weer binnen.

'Dit is Joke. Jullie kennen haar al, zei ze. Ze komt iets vertellen.'

'Ze heeft ons gisteravond thuisgebracht,' zei June. Joke zag er wat ouder uit dan gisteren, vond ze, waarschijnlijk omdat ze haar lange haar had opgestoken.

'Ga zitten. Wil je koffie?' vroeg Mona.

'Graag. Ik heb goed nieuws en misschien ook minder goed nieuws,' begon Joke aarzelend. 'Eerst het goede maar. Jullie vriendin lag niet meer in de caravan toen die uitbrandde. Er zijn geen stoffelijke resten aangetroffen.'

June gaf een schreeuw van blijdschap. Linda keek alsof ze het niet geloofde.

'Is het echt waar? Ze leeft dus nog. Wat ben ik daar blij om,' riep June. Opeens rolden de tranen over haar wangen. Linda sloeg haar handen voor haar gezicht en begon zachtjes te snikken.

'Dit is wel heel erg goed nieuws,' zei Mona. 'Wat een opluchting. Gebruik je melk en suiker in je koffie?'

'Allebei alstublieft.'

'Kunnen ze dat gemakkelijk vaststellen, ik bedoel, is het honderd procent zeker?' vervolgde Mona, terwijl ze het kopje voor Joke neerzette.

'De technische recherche zegt zoiets niet als er ook maar het kleinste beetje twijfel is.'

'Nou, kom op meiden, stop die tranen. Mooier had de dag niet kunnen beginnen.' Mona ging tussen de meisjes in staan en legde een hand op hun schouders. 'En nu het slechte nieuws, hoewel dat alleen maar kan meevallen.'

'Dat hoop ik,' zei Joke bedachtzaam. 'Het punt is namelijk dat Cindy vannacht niet is thuisgekomen en dat ieder spoor van haar ontbreekt.'

Ze wachtte totdat de betekenis van haar woorden was doorgedrongen. 'Weten jullie misschien waar ze zou kunnen zijn?'

June keek Linda aan. Haar blijdschap was net zo snel verdwenen als die was opgekomen.

'Ze zou hier blijven slapen,' zei Linda.

'Dat hebben haar ouders vannacht ook tegen mijn collega's verklaard. Daardoor konden zij laat thuiskomen van een familiefeestje. Een collega heeft hun zojuist het goede nieuws gebracht. Ze hadden er geen idee van waar hun dochter anders kon zijn dan hier, bij jullie.'

'Wij weten het ook niet.' June wisselde snel een blik met Linda en bleef daarna zwijgen.

'Maar jullie hebben wel een vermoeden?' probeerde Joke.

Ze moet hebben gezien dat we naar elkaar keken, dacht June. 'Er is misschien iets wat je moet weten,' zei ze naar Linda kijkend. Die knikte.

'We hadden een afspraakje bij de keet, ergens tussen tien uur en half elf,' zei Linda. Ze pakte een lok van haar haar en begon hem om haar vinger te rollen.

'Wat heeft dat met Cindy te maken?'

'Zij dus ook.'

'Sorry, ik kan dit niet volgen. Jullie lieten Cindy achter omdat ze niet meer op haar benen kon staan, terwijl jullie daar alledrie een afspraakje hadden?'

'Ruim een uur later. We hadden op tijd terug willen zijn, maar het is allemaal een beetje verkeerd gelopen,' bekende Linda.

'Een beetje... Goed, een afspraakje dus. Met wie?'

'Met een jongen, die we kenden via internet.'

'Oké, laten we er niet omheen draaien,' zei Mona.

June keek met een schuin oog naar haar moeder, van wie het gezicht niet veel goeds voorspelde. Ze keek of zij en Linda het slachtoffer waren geworden van een groepsverkrachting, maar ze waren heus niet de enige die gekke dingen deden voor een webcam. Wat haar en Linda betrof viel het eigenlijk best mee.

'Dit domme tweetal heeft gestript voor de webcam. Iemand heeft daar een foto van gemaakt en zou die gisteravond teruggeven. Dat was hun afspraakje,' vervolgde Mona kortaf.

Joke keek verbijsterd van de een naar de ander. 'O, zit het zo,' zei ze uiteindelijk. 'Met een jongen die jullie kenden. En heeft hij jullie niet opgebeld of ge-sms't toen jullie niet kwamen opdagen?'

'Hij heeft ons nummer niet, en hij wist ook niet waar we woonden,' zei June. 'Wij hadden zijn nummer trouwens ook niet. We kenden hem alleen van msn.'

'Jullie hadden dus een afspraakje met een onbekende die een speciaal optreden van jullie heeft vastgelegd. Ik begin het te begrijpen. Voor de zekerheid: heeft Cindy ook meegedaan met die stripact?'

Linda bloosde, June deed haar best om zo normaal mogelijk te kijken, maar ze voelde dat het niet lukte. Nu werd het echt moeilijk. Ze had alles willen overslaan, maar vertellen wat Cindy voor de webcam had gedaan nog het meest van alles.

'June,' drong haar moeder aan. 'Er wordt jullie iets gevraagd.'

'Cindy heeft het ook gedaan, maar alleen.'

In het voorhoofd van haar moeder verschenen rimpels, haar ogen vernauwden zich.

'Alleen?' vroeg Joke.

'Ze is zestien,' zei Linda. 'Ze had het al eens gedaan, zie je. En ze had meer gedronken dan wij. Dan deed ze wel vaker dingen die ze anders nooit zou doen.'

'Het is nog vunziger dan ik al vreesde.'

Mona's stem kondigde een woede-uitbarsting aan, zag June.

'Wij hadden ons niet helemaal uitgekleed,' fluisterde ze. 'En wij wilden niet... deden niet wat Cindy...'

'Wij wilden niet seksen, zij wel,' schoot Linda haar te hulp. 'Die jongen wilde dat ook. Wij zijn toen weggegaan. Zo ranzig!'

'Poeh.' Mona blies stoom af. 'Jullie hebben dus nog een beetje je hersens erbij gehouden. Maar Cindy... Ik kan er met mijn verstand niet bij.

'En met die jongen hadden jullie afgesproken? Alledrie?' vroeg Joke.

'Cindy nog meer dan wij. Wij zouden alleen onze foto terugkrijgen.'

Joke dronk haar koffie op, zette het kopje op tafel en stond op. 'Blijven jullie thuis vandaag, zodat we jullie kunnen bereiken?'

'Daar zorg ik wel voor,' zei Mona beslist.

'O ja... Dat gedoe met die webcam... Waar is dat gebeurd, op welke computer?'

'Hier,' gaf June schoorvoetend toe. 'De anderen hebben geen webcam thuis.'

'Mooi. Heb je er bezwaar tegen dat ik die computer meeneem naar het bureau? Onze technische mensen kunnen die jongen misschien traceren.'

'Loop maar mee naar boven, dan help ik je hem los te koppelen.'

'Wat mij betreft pakken jullie die smeerlap vandaag nog op. Webcamseks, met minderjarigen. De gore smeerlap! Castreren moeten ze zulke gasten,' zei Mona.

'Windt u zich niet zo op, mevrouw. Misschien is hijzelf ook nog minderjarig.'

'June, hoe zag hij eruit?' wilde Mona weten.

'Wel iets ouder dan wij,' antwoordde June bedeesd. 'Hij zei dat hij achttien was en een auto had. Hij werkte voor een fotograaf, beweerde hij.'

'Als ik het niet dacht,' zei Mona kwaad.

'We zoeken het uit. Loop je mee naar boven?'

Hoofdstuk 6

'Hoogland wil ons op de zaak houden en hij stelt ons meteen extra mensen ter beschikking,' zei Tom. 'Wel moet ik elke dag uitgebreid verslag doen. Liefst alleen nog morgen, met een goede afloop.' Hij grijnsde breed.

Hoogland was inspecteur, hun directe baas, en hiervoor de chef van haar vader. Uit wat ze vroeger wel eens opving van de gesprekken tussen haar ouders had ze begrepen dat het een ongeduldig mannetje was en soms onmogelijke eisen stelde. Ze had hem een paar keer meegemaakt op het bureau toen hij een collega uitfoeterde. Hoewel hij klein was en een kale kop had, hadden de meeste agenten respect voor hem. Zodra er een zaak speelde die media-aandacht trok, zat hij er extra bovenop.

'Hoe wil je het verder gaan aanpakken?' vroeg ze.

'Marco Swart is nu bezig met de computers van de meiden. De ouders van Cindy hebben ook toestemming gegeven om de laptop van hun dochter te laten onderzoeken. Ze zeiden er geen idee van te hebben wat Cindy daarop uitspookte.'

'Veel ouders zijn min of meer digibeet,' zei Joke. 'Zelfs mijn vader laat het meeste over aan jongere collega's. Goed, en verder?'

'Mireille en Youssef zijn heel de ochtend al verklaringen van omwonenden aan het opnemen.'

'Dat hebben ze gisteravond toch al gedaan?'

'Niet iedereen was thuis. Veel bewoners hebben eerst naar de brandweer en daarna naar ons staan kijken. Ik wil de verklaringen die we al hebben, bevestigd zien. We mogen niets over het hoofd zien. Geen missers!'

'Je bedoelt de verklaring van een man over die onbekende auto die daar heeft gestaan?'

'Onder andere. Zijn die twee meiden bij wie jij vanochtend bent geweest een beetje aanspreekbaar?'

'Ik vind van wel.'

'Dan haal je ze zonodig later in de middag naar het bureau. Ik wil dat ze helpen om een compositietekening van die webcamboy te maken, voor het geval we via hun computer niet verder komen. Ik neem tenminste aan dat ze hem hebben gezien.'

'Dat geloof ik wel. Waarom pas later in de middag?'

'Omdat we om drie uur een teambespreking houden met iedereen die meewerkt aan het onderzoek. Behalve jij, is iedereen er al van op de hoogte. Hoogland heeft ons de vergaderruimte op de eerste verdieping ter beschikking gesteld.'

'Tjee... Je wordt belangrijk, Tom.'

'De zaak is belangrijk. Dat meisje moet zo snel mogelijk worden teruggevonden. Ze is astmapatiënte en gebruikt medicijnen. Die liggen nog thuis, dat heeft haar moeder nagekeken. Ze heeft wel een puffer bij zich voor het geval ze een aanval krijgt, maar die moet vrijwel leeg zijn. Naast haar andere medicijnen lag namelijk al een nieuwe klaar. Ze haalt die pas op bij de apotheek als de oude bijna leeg is.'

'Extra stress, extra haast. Wat een zaak is dit opeens, Tom. Een paar uur geleden waren we nog opgelucht dat er geen dode in die zuipkeet lag. Wat moet ik doen tot drie uur?'

'Met de jongens gaan praten die met de meiden een zuipwedstrijd hielden. Je weet maar nooit wat daar uit komt.'

Joke keek op haar horloge. 'Nog een paar uur. Ik zal mijn best doen.'

Ruim een uur later zat ze in de verhoorkamer tegenover twee jongens, die haar nieuwsgierig en een beetje achterdochtig opnamen. Van June had ze het mobiele nummer van Ronaldo gekregen. Ze had voorgesteld naar hem toe te komen, maar dat had hij geweigerd. 'Mijn ouders hoeven niet te weten dat ik met smerissen praat,' had hij kortaf gezegd. 'Ik kom wel naar het politiebureau, dat is vlakbij.'

En daar zat hij dan. Hij had zijn vriend Mike meegenomen, een jongen met lang blond, onverzorgd haar en een scheve, branieachtige grijns op zijn gezicht. Zijn voorhoofd en zijn kin, waar hier en daar wat pluizige plukjes baardhaar opdoken, zaten vol puisten. Ronaldo oogde veel verzorgder, met een uiterlijk waar ze op zou kunnen vallen, als hij een paar jaar ouder was geweest: een bos zwart krullend haar, een rechte, bijna klassieke neus, een wat getinte huid en grote, donkere ogen. Hij leek wel wat op Samir, haar vriendje van school.

'Hoe goed kennen jullie Cindy van Velzen?' begon ze het gesprek, nadat ze de persoonsgegevens van de jongens had genoteerd. Mike Zijlstra, zestien jaar en Ronaldo Jongejans, zeventien jaar.

'Eh... gaat wel,' zei Ronaldo. 'Ze zit bij ons op school.'

'Toch wel iets beter dan "gaat wel"? Je houdt toch geen zuip-wedstrijd met meiden die je nauwelijks kent?'

'Nou ja, ze kwam vaak in onze keet.'

'Júllie keet?'

Ronaldo en Mike keken elkaar aan met een blik van: hoeveel vertellen we haar.

'Het was een afgedankte caravan van de ouders van een vriend van ons. Ze konden hem naar de sloop brengen of aan ons geven,' zei Mike.

'Dat laatste dus. Jullie hebben dat ding toen op een braakliggend veldje gezet, zonder iemand daarvoor toestemming te vragen, en zonder vergunning?'

'We zijn niet gek.'

'Hoezo?'

'Dat is toch duidelijk? Niemand wilde dat ding daar hebben. Die mensen hebben alleen maar last van ons, beweren ze.'

'Zeg maar "overlast"', vulde Ronaldo aan. 'Je zou wel gek zijn om toestemming te vragen.'

'Als ik het goed begrepen heb, gebruiken jullie dat ding als indrinkkeet, voor zuipwedstrijden en om wat rond te hangen. Klopt dat?'

'Waar moeten we anders heen?' zei Mike. 'Zo'n stom jeugd-honk zeker, waar ze je vertellen wat wel en niet mag.'

Joke besloot er niet op te reageren. 'Oké. We gaan terug naar gisteravond. Jullie hielden een zuipwedstrijd, met drie jongens en drie meisjes. Op een gegeven moment zijn jullie weggegaan en zijn June, Linda en Cindy achtergebleven. Waarom zijn jullie zonder die drie weggegaan?'

'Omdat er voor ons niets te vieren viel,' zei Ronaldo met een gezicht alsof hij er nog steeds de pest over in had. 'We zijn toen naar een disco gegaan.'

'Hij bedoelt dat die meiden hadden gewonnen,' verduidelijkte Mike.

'Jullie zijn afgedropen,' stelde Joke licht geamuseerd vast.

'Het kwam door Carlo, die kan niet zuipen.'

'Waarom deed hij dan mee?'

'De caravan hebben we van zijn ouders gekregen.'

'Je bedoelt: we konden hem niet wegsturen?'

'Zoiets ja,' mompelde Ronaldo. 'Mietje!'

'Hebben jullie hem verteld dat jullie hier een afspraak hadden?'

'Nee, waarom zouden we?' vroeg Mike.

'Het zou kunnen dat hem andere dingen zijn opgevallen dan jullie.'

Ronaldo haalde zijn schouders op. 'Hij was te zat om uit zijn ogen te kijken,' zei hij minachtend.

'Toch wil ik hem ook spreken. Kunnen jullie me zijn mobiele nummer geven?'

'Ja hoor.' Mike diepte zijn gsm op uit een broekzak. 'Het staat nog in het geheugen. Ik ga het meteen wissen.' Hij grijnsde naar Ronaldo.

'Oké,' zei Joke toen ze het nummer had genoteerd. 'Die meiden zijn dus achter gebleven en Cindy was zo ongeveer in coma. Kon zij slechter tegen drank dan jullie en die andere twee?'

'Welnee.' Mike gooide het er spontaan uit. 'Ze kon meer op dan die twee samen.'

'Hoe kan het dan dat juist zij van de wereld raakte?'

'Tja, dat moet je aan haar zelf vragen,' zei Ronaldo, met een blik op Mike.

Hij zei iets te nadrukkelijk 'je' en hield haar ogen lang vast. Niet te geloven! Hij raakte op zijn gemak en probeerde uit of er met haar te flirten viel. Stom, ze had haar haren niet los moeten gooien, dan had ze er ouder en wat strenger uitgezien.

'Maar je hebt wel een idee?'

'Misschien.' Hij haalde zijn schouders op. 'Met Cindy wist je het maar nooit.'

Joke fronste nadrukkelijk haar wenkbrauwen en deed of ze diep nadacht. 'Met Cindy wist je nooit waar je aan toe was, wat je aan haar had, bedoel je dat?'

De twee jongens keken elkaar aan. Mike's ingebakken grijns werd nog breder.

'Jij zegt het.'

'Die zuipwedstrijd, waar ging die eigenlijk om? Jullie hadden verloren, dus die meiden hadden iets gewonnen,' schakelde Joke abrupt over.

'Geld,' antwoordde Ronaldo kortaf. 'Honderd euro, en de ver- liezers moesten ook de drank betalen.'

'Dat is niet misselijk. Ruim drieëndertig euro per persoon, plus de drank. En dat moeten jullie nog betalen?'

'Ja,' reageerde Ronaldo nors. 'Maar we laten Carlo voor de drank opdraaien. Het is ten slotte zijn stomme schuld.'

'Houden jullie vaker van die wedstrijden?'

'Af en toe.'

'En altijd om zo veel geld?'

'Het mag ook wat anders zijn,' zei Mike op een speciaal toon- tje. 'Maar dat geldt vooral voor de meiden. Die hebben meestal minder geld dan wij.'

Joke bleef hem strak aankijken. De zelfingenomen smoel van Mike, het hufterige toontje waarop hij haar probeerde duidelijk te maken dat de meiden uiteraard ook in natura mochten beta- len, maakte haar razend en kotsmisselijk tegelijk. Meisjes van dertien, veertien jaar, die een breezertje of andere mixdrankjes kregen, in ruil voor seks. Iedereen kende die verhalen wel, maar iedereen wist ook dat ze nogal overdreven waren. En nu toch dit!

'O, dus als jullie hadden gewonnen, waren jullie niet meteen weggegaan. Dan was er ter plekke "afgerekend". Waar zo'n cara- van al niet goed voor is,' zei ze cynisch. 'Heb ik het juist?'

'Niet helemaal.'

Ronaldo keek zowaar een beetje schuldbewust.

'June en Linda kreeg je niet zomaar plat.'

'Maar Cindy wel?'

De jongens wisselden een veelzeggende blik.

'Als ze in de *mood* was betaalde ze meteen voor haar vriendin- nen. Die mochten haar dan in euro's terug betalen. Ze had name- lijk altijd geld nodig, snap je?'

Joke haalde diep adem. Het gevoel van onpasselijkheid werd sterker. Ze moest zich dwingen om rustig te blijven zitten. Ze was maar vijf tot zes jaar ouder dan deze jongens, toch leek het of ze in een andere wereld leefde. Was ze soms naïef geweest, had ze niet goed om zich heen gekeken toen ze zelf zestien was, of veranderden de normen en waarden onder jongeren in een niet bij te houden tempo? Zij hielden ook blind date feestjes, waarop behoorlijk werd gedronken, en waar XTC werd geslikt. Maar zuip- wedstrijden om seks...

'Dus als Cindy in de *mood* was betaalde ze met seks, ook voor haar vriendinnen. Heb ik dat werkelijk goed begrepen?'

Ronaldo knikte. 'Als ze genoeg gezopen had, kon het haar geen fuck schelen. De volgende dag wist ze toch niet meer met wie ze allemaal had geploegd, als ze haar geld maar binnen had.'

'Kwam dat vaak voor?'

'Dat ploegen, bedoel je?'

Ze perste haar lippen op elkaar, knikte alleen bevestigend. Dat huftertje praatte over iets wat als groepsverkrachting kon worden beschouwd, omdat het meisje door drank of drugs nauwelijks wist waar ze mee bezig was. Hij deed alsof het de normaalste zaak van de wereld was.

'Maar een paar keer.'

'Laten we hopen dat ze snel wordt gevonden, want anders zullen jullie haar nog gaan missen,' zei Joke sarcastisch.

'Och. Er zijn wel meer meiden, en die zijn niet zo uitgewoond als Cindy,' zei Ronaldo schouderophalend.

Ze haalde even diep adem en telde tot tien, om te voorkomen dat ze die zelfingenomen koppen tegen elkaar zou rammen.

'Oké. Voorlopig weet ik genoeg. We zullen elkaar nog wel eens zien,' bracht ze beheerst uit terwijl ze opstond en de deur opende.

'Leuk,' zei Ronaldo. 'Ik verheug me er nu al op.'

Ze had zichzelf nog net voldoende in de hand om hem niet letterlijk de verhoorkamer uit te schoppen, en zijn wezenloos grijnzende vriend erachteraan.

Ze liep naar de gang om uit de automaat een kop thee te halen. Terwijl ze die langzaam leegdronk liet ze alles wat Ronaldo en Mike hadden beweerd nog eens goed tot zich doordringen. Daarna draaide ze Carlo's nummer. Hij nam onmiddellijk op.

'Dag Carlo, met Joke Frederiks, recherche. Ik onderzoek de verdwijning van Cindy van Velzen. Daar heb je al iets over gehoord, neem ik aan?'

Een zachte, aarzelende stem bevestigde dat hij daarvan, en van de verbrande caravan, op de hoogte was. Na haar vraag of hem, toen de zuipwedstrijd gisteravond was afgelopen, nog iets bijzonders was opgevallen, bleef het lang stil. Het had hem grote moeite gekost om thuis te komen, bekende hij ten slotte. Hij was kotsmisselijk geweest, had nauwelijks op zijn benen kunnen staan en was zelfs een keer tegen de vlakte gegaan. Nee, hem was echt niets opgevallen. Hij had zijn bed weten te bereiken en was er pas vanochtend laat uitgekomen. Joke vroeg of zijn ouders dat konden bevestigen. Hij antwoordde dat zijn ouders hem thuis hadden horen komen en behoorlijk kwaad op hem waren geweest. Hij was namelijk nog nooit dronken thuisgekomen. Controleren of het klopt, nam Joke zich voor. Als het waar was had ze niet veel aan hem, en was het niet zinvol om hem naar het bureau te laten komen.

Hoofdstuk 7

De vergaderruimte bood plaats aan zo'n twintig mensen, schatte Joke toen ze er even voor drie uur binnenkwam. Ze was een van de laatsten. Tom stond wat onwennig naast een standaard met een groot bord waarop met viltstift geschreven kon worden en waarop met magneetjes krantenartikelen, foto's of andere papieren konden worden vastgezet. Haar aandacht werd direct getrokken door een portret van Cindy. Tom had haar naam erboven geschreven. Ernaast hing een foto van June, Linda en Cindy samen, op A4-formaat. Cindy oogde een stuk ouder dan haar vriendinnen. Ze leek meer hun oudere zus, van een jaar of achttien, negentien.

'Hoi Tom,' zei ze terwijl ze vlak voor het bord ging staan om de foto's beter te kunnen bekijken. Mireille, die al naast haar collega Youssef was gaan zitten, stond op en kwam naast haar staan.

'Een meisje van zestien, dat eruit ziet als negentien,' zei ze.

'Iets jonger, vind ik.' Joke bestudeerde de portretten nauwkeurig. 'Moet je kijken hoe ze zich heeft opgemaakt. Een dikke, klonterige laag mascara, en vooral die rode lippenstift maakt haar ouder. Ze heeft vast haar nagels in dezelfde kleur gelakt.'

'Op het ordinaire af,' zei Mireille, 'En dan die kleding.' Ze wees op de andere foto. '"Uitdagend" is volgens mij nog netjes gezegd.'

'Je zult ze de kost moeten geven die er zo bij lopen.'

'Ik vind het er hoerig uit zien, al klinkt dat misschien overdreven,' hield Mireille vol. 'Een beetje decolleté, oké, maar die borsten puilen er zowat uit. Als ik dat smoeltje zo bekijk, is ze zich dat heel erg bewust, en vindt ze het prachtig dat ze er de aandacht mee trekt. Het zal je dochter maar zijn.'

'Jij hebt toch zelf een dochter?' merkte Tom op.

'Van tien nog, gelukkig. Geen schijn van kans dat ze er over een paar jaar zo bij mag lopen. Ik begrijp die ouders niet.'

'Ik misschien wel,' zei Tom. 'Maar dat hoor je zo. Gaan jullie zitten? Ik wil beginnen.' Hij wachtte tot Mireille weer naast Youssef zat en Joke schuin achter haar een vrije stoel had gevonden.

'Welkom allemaal,' begon hij. 'Deze bijeenkomst is eh... bedoeld om iedereen zo volledig mogelijk op de hoogte te brengen van eh... alles wat er bekend is in deze zaak.'

Zijn wangen waren roder dan anders en hij praatte wat aarzelend. Joke moest er een beetje om glimlachen. Hij moest er natuurlijk even in komen. Dit was de eerste grote zaak waarin Tom de leiding had gekregen, en die wilde hij koste wat kost tot een goed einde brengen.

'Allereerst een korte beschrijving van het meisje,' vervolgde Tom, terwijl hij een blik op het bord wierp. 'Cindy is zestien jaar, maar doet er alles aan om er ouder uit te zien en zich ouder te gedragen. Bekijk de foto's straks eens goed, als je dat nog niet hebt gedaan. Haar moeder is vierenvijftig jaar, haar vader drieënzestig. Ik vermeld dat, omdat het leeftijdsverschil tussen haar en haar ouders groter is dan gemiddeld tussen tieners en hun ouders. Ik heb vanochtend uitvoerig met hen gesproken. Tussen hun wereld en die van hun dochter gaapt volgens mij een geweldige kloof. Ze hebben geen idee van de dagelijkse werkelijkheid waarmee Cindy te maken heeft. Ze dronk wel eens wat, ja, maar dat hun dochter zich regelmatig met vrienden en vriendinnen vol liet lopen, konden ze niet geloven. Cindy gaf nooit problemen thuis, en zolang alles goed ging, lieten ze haar haar gang gaan. Van wat ze op internet uitspookte hadden ze evenmin een idee. Ze hebben beiden weinig verstand van computers en internet, omdat ze die niet nodig hebben voor hun werk. Vader is buschauffeur en moeder verkoopster in een warenhuis. Uiteraard had Cindy een laptop, die had ze nodig voor school. Ze hadden in de krant wel gelezen dat ouders hun chattende pubers beter in de gaten moesten houden, omdat er op internet pedofielen en loverboys actief zijn. Hun dochter was echter veel te verstandig voor dat soort dingen. Die waarschuwing was vooral voor anderen bedoeld. Cindy's verdwijning, en vooral de omstandigheden waaronder, kwam voor die mensen dan ook als een enorme klap.'

Tom nam een slok water uit het glas dat op een tafeltje naast de standaard stond en haalde een keer diep adem.

'Hebben ze dan nooit gemerkt dat hun dochter, als ze na het stappen thuiskwam, flink wat op had?' vroeg Youssef.

'Ze bleef meestal bij vriendinnen slapen. Haar ouders vonden dat wel best, ze vertrouwden haar.'

'Naïef en gemakzuchtig,' zei Mireille hoofdschuddend. 'Zolang thuis de lieve vrede maar bewaard bleef, mocht ze kennelijk alles en konden haar ouders ongestoord hun eigen leven leiden.'

'Dat lijkt me een juiste conclusie,' zei Tom. 'Dit is echter nog niet het einde van het verhaal. Ik heb, met toestemming van haar ouders uiteraard, Cindy's laptop meegenomen naar het bureau. Joke heeft hetzelfde gedaan met de computer van June. Zij en Linda hebben namelijk bekend dat ze, samen met Cindy, voor de webcam seksueel getinte handelingen hebben verricht.'

In de zaal ontstond geroezemoes. Joke hoorde Jan Witsen, die schuin achter haar zat, 'ook dat nog' mompelen.

'Inmiddels heeft onze computerspecialist beide computers doorgelicht. Vertel zelf maar wat je hebt ontdekt, Marco.'

Marco Swart, een vriendelijke, lange, slanke man met kortgeknipt donkerblond haar, kwam naast Tom staan. 'In eerste instantie niet veel,' begon Marco. 'Ik kreeg de indruk dat na ieder internetgebruik de sporen met opzet werden gewist.'

'Klopt,' zei Joke. 'June en Linda deden dat omdat Junes moeder dezelfde computer gebruikte.'

'Ze hadden daar een speciaal programma voor geïnstalleerd,' vervolgde Marco. 'Het zou me niet verbazen als ze hun contacten op een cd'tje hebben opgeslagen, zodat ma er nooit bij kon.'

'Dat moet je navragen, Joke,' droeg Tom haar op.

Ze knikte, keek weer naar Marco, die een voor zijn doen opvallend ernstig gezicht trok.

'Cindy's laptop gaf een heel ander beeld. Ze deed geen enkele moeite om met behulp van wachtwoorden programma's voor anderen ontoegankelijk te maken. Ze sloeg haar codes gewoon op in het geheugen. Door de veelheid van contactpersonen is het echter een bijna onmogelijke klus om diegene met wie ze een date had, op te sporen. Het is zelfs de vraag of ze via haar eigen laptop contact met die jongen, of man, heeft gehad. Het afspraakje om elkaar bij de indrinkkeet te ontmoeten, is namelijk via de computer van June gemaakt.'

'Ze had zelf geen webcam,' verduidelijkte Tom. 'Visuele contacten vonden plaats via de computer van June, die er wel een had. Maar ga verder, Marco. Het ergste moet nog komen, vrees ik.'

'Of dit nog niet ernstig genoeg is,' verzuchtte Mireille. 'We hebben het over pubers van vijftien, zestien jaar.'

'Dat zou je bijna vergeten, ja. Ga door, Marco.'

'Goed. Het viel me op dat Cindy in een aantal mailtjes opmerkingen maakte over de kwaliteit van het poeder, over de duur van een trip, dat soort dingen. Ik heb onmiddellijk naar Jan gebeld en gevraagd om de spuitbustest te doen.'

'Jan,' zei Tom.

Jan Witsen ging staan. 'Ik kan kort zijn,' zei hij. 'Op het toetsenbord van de laptop zaten sporen van cocaïne. Op de andere computer heb ik die niet aangetroffen.'

Het bleef even stil. Tom schraapte zijn keel. 'Joke vertelde me net dat Cindy altijd geld nodig had. Vrienden van haar, als ik ze zo tenminste mag noemen, hebben verklaard dat ze nogal gemakkelijk uit haar broek ging, als ze daar geld mee kon verdienen.'

'Diep treurig allemaal,' zei Jan Witsen geschokt. 'We zijn dus op zoek naar een meisje, een kind van zestien, met zowel een drugsprobleem als een alcoholprobleem, dat bereid is zich te prostitueren om aan geld te komen. En haar ouders denken dat ze een modeldochter hebben.' Hij zuchtte diep.

'Een meisje ook met een serieus fysiek probleem,' vulde Tom aan. 'Ze is astmatisch en heeft waarschijnlijk onvoldoende medicijnen bij zich. Alleen daarom al is het zaak haar snel te vinden. Voor ik vertel hoe we het onderzoek voortzetten, wil ik een kort verslag van Mireille en Youssef. Zij hebben het grootste deel van het buurtonderzoek voor hun rekening genomen. Doe jij het woord, Youssef?'

Youssef knikte en stond op. Joke bestudeerde hem onopvallend. Hij leek op Samir, haar laatste vriendje, maar was een stuk zwaarder gebouwd. Hij leek haar open en aardig. Waarom had ze toch zo weinig contact met hem?

'Het is ons opgevallen dat de buurtbewoners erg terughoudend waren. Zonder uitzondering wilden ze die hangkeet daar weg hebben. De politie was al eens gebeld, zei iemand, maar die had niets gedaan. Ik heb dat uitgezocht. Ruim een maand geleden is er een surveillancewagen langs geweest na een klacht vanwege geluidsoverlast. Die keet was op dat moment al verlaten. Daarna is er niets meer met de klacht gedaan. Een officieel protest van bewoners bij de gemeente schijnt op de lange baan te zijn geschoven. Je moet in zo'n geval niet vreemd opkijken als burgers zelf hun zaakjes gaan regelen, zei iemand. Toen wij vroegen of hij daarmee bedoelde dat iemand uit de wijk de brand had aangestoken, keek hij nogal ongemakkelijk, maar wist verder niets te melden. Hij was niet de enige die zo op die vraag reageerde. Dat was het zo'n beetje.'

'Je vergeet die auto,' hielp Mireille.

'O ja. Een aantal bewoners heeft ergens tussen tien en elf uur een onbekende auto zien staan bij het veldje. Een man beweert dat hij twee personen vanuit de keet naar die auto heeft zien lopen. Het was toen al donker, na half elf dus. Hij heeft geen gezichten gezien, weet zelfs niet of het om mannen of vrouwen ging. Nu heb ik echt alles genoemd, hè?' Hij keek naar Mireille, die instemmend knikte.

'Goed,' zei Tom. 'Dankjewel. Voor ons heeft de opsporing van dit meisje prioriteit. Iedereen krijgt straks een foto van haar. We zetten die ook in onze systemen. Vandaag, of uiterlijk morgen, zal er een opsporingsbericht op tv worden uitgezonden. Ons onderzoek gaat zich in eerste instantie richten op de onbekende met wie die meiden een afspraak hadden. We overwegen om June en Linda te vragen opnieuw een afspraak met hem te maken.'

'Minderjarige meisjes als lokaas? Is dat niet erg riskant?' wilde iemand van de surveillancedienst weten.

'Ze hoeven alleen die afspraak maar te maken. Wij doen de rest,' stelde Tom de man gerust. 'Intussen wil ik het buurtonderzoek voortzetten, nu met een foto van Cindy erbij.'

Hij keek naar Joke. 'Jij haalt June en Linda naar het bureau, voor een compositiefoto. We voelen ze samen aan de tand over het cocaïnegebruik door Cindy. Ik ben benieuwd of ze daar iets van afwisten. En we willen uiteraard de naam hebben waaronder hun msn-vriend opereert. Jij krijgt de info zodra we die hebben, Marco.'

Hij keek rond. 'Iemand nog iets te vragen of op te merken?'

'We zouden een spuitbustest kunnen doen op de school van die meiden,' stelde Jan Witsen voor. 'Even sprayen op deurknoppen van toiletten, doorspoelknoppen, kranen, en niet te vergeten de kluisjes, en we weten of dat spul en andere rommel daar in omloop is.'

Tom keek bedenkelijk. 'Die school staat daar vast niet om te springen.'

'Bij een dergelijke test in Rotterdam werden op de helft van de onderzochte middelbare scholen cocaïne- en andere drugssporen gevonden,' hield Jan vol. 'We hebben een aanleiding, want we willen haar dealer vinden. Ze zal misschien contact met hem opnemen. Hij zou ons op haar spoor kunnen zetten.'

'Mocht het via die internetafspraak doodlopen, dan is het inderdaad een alternatief,' gaf Tom toe. 'Ik zal overleggen met Hoogland. Als we zijn fiat krijgen, nemen we contact op met die school. Nog iemand?'

'Dat met die medicijnen, hoe ernstig is dat?' wilde Youssef weten.

'De medicijnen die ze dagelijks moet gebruiken om benauwdheidsaanvallen te voorkomen, zijn nog thuis. Het medicijn dat bestemd is voor onderdrukking van een eventuele aanval heeft ze bij zich, maar dat is zo goed als op. Ernstig dus, zou ik zeggen. Iemand anders nog een vraag?'

Joke draaide zich half om. Geen van haar collega's wilde nog iets weten. Ze glimlachte even naar Youssef, die nogal ernstig zat te kijken.

'Oké, iedereen aan het werk dan,' zei Tom.

Hoofdstuk 8

'Zeg je alsjeblieft niks als je Linda's ouders een keer spreekt, mam?' vroeg June. Ze keek haar moeder bijna smekend aan. 'Als haar vader erachter komt wat ze heeft gedaan, wordt hij woedend en krijgt ze misschien wekenlang huisarrest.'

'Dat zou voor jou ook wel eens goed kunnen zijn. Dan laat je de dingen zoals je nu hebt uitgevreten voortaan wel uit je hoofd.'

'Dat doe ik toch wel, hoor. Denk je dat ik hier niets van heb geleerd?'

'Eerst moet het helemaal fout gaan, en dan pas komt mijn dochter bij zinnen. Een geruststellende gedachte,' zei ze zuchtend. 'Als je vader dit allemaal te horen krijgt, geeft hij mij de schuld ervan. Ik zie de bui al hangen.'

'Dan moet hij er niet achter komen,' stelde June nuchter voor. 'Hij heeft lang niet meer zo veel belangstelling voor me, dus zo moeilijk moet dat niet zijn. Als jullie er nou niet zo'n puinhoop van hadden gemaakt...'

'Houd je mond, June,' viel haar moeder uit. 'Doe nou niet net alsof het onze schuld is. Hoe zou je hebben gereageerd, als ik je met een serieus gezicht had gezegd dat een meisje van vijftien zich niet moet uitkleden voor een webcam en zich niet moet laten vollopen met sterke drank?'

June hield wijselijk haar mond. Hallo ma, zeg niet van die stomme dingen, ik ben niet achterlijk, zoiets zou ze hebben gezegd, en dat wist haar moeder ook wel.

'Nou?'

Ze haalde haar schouders maar op. 'Je hebt dat niet gedaan,' was alles wat ze wist te bedenken.

'Vind je het gek? Die dingen zijn zo logisch, dat je ze niet hoeft uit te leggen, toch? Ik ken je, June. Je zou me verontwaardigd hebben aangekeken. "Ik ben geen kleuter meer, zulke dingen weet ik echt wel". Ik hoor het je bijna zeggen. En intussen laat je je toch vollopen en ga je uit de kleren voor een webcam. Waarom, June? Leg me dat nou eens uit, want ik begrijp er werkelijk niets van.'

June keek snel de andere kant op om de onderzoekende ogen van haar moeder te ontlopen. Hoe kon ze iets uitleggen wat ze zelf ook niet goed begreep? 'Je hebt er geen idee van wat anderen allemaal op internet uitspoken.'

'Omdat anderen zich gestoord gedragen, mag jij dat ook? Je bent verantwoordelijk voor je eigen daden. Dat kun je niet op anderen afschuiven.'

'Sommigen doen veel gestoorder dan wij, hoor, jongens helemaal. Die zitten zich gewoon voor de webcam...'

'Laat maar. Ik wil me er geen voorstelling van hoeven maken. Dat zijn sukkels, zielige losers.' Mona begon zich op te winden. 'En mijn dochter is best bereid om haar steentje aan al die opwinding bij te dragen door wat te strippen. Nog een keer: waarom, June?'

'We hadden wat gedronken, een paar glazen maar, en waren nogal aangeschoten. We moesten vreselijk lachen.'

'Flink wat drank, en dan gaat het vanzelf. Dat is mij te gemakkelijk. Als ik aangeschoten ben ga ik ook niet naakt over straat lopen.'

June wilde wel wegkruipen onder de eettafel. Haar moeder gaf niet op. Ze bleef haar observeren, leek dwars door elke uitvlucht die ze bedacht heen te prikken.

'We wisten niet goed meer wat we deden, en we verveelden ons gewoon.'

'Jullie verveelden je. Natuurlijk. Omdat je niets had te doen, kleedden jullie je maar uit.'

'Die jongen was aardig. Hij zei dat hij voor een fotograaf werkte die regelmatig modellen nodig had, voor modeshows, enzo. Je wist maar nooit. Alleen doe je zoiets natuurlijk niet. Met z'n drieën was het hartstikke spannend.'

'Drank, verveling, loze beloftes, het was spannend, anderen doen nog gekker,' somde Mona op. 'Wat dat het zo'n beetje?'

'Ik denk het wel.'

'Weet je dat niet zeker? Was er soms nog iets?' klonk het achterdochtig.

'Eh... nee.'

'Waarom zaten jullie trouwens met z'n drieën hier in huis?' vroeg Mona. 'Dat is bijna altijd het geval hè, als ik het goed begrepen heb.'

'Linda's ouders houden haar te veel in de gaten, Cindy heeft geen webcam. Bovendien is haar vader door onregelmatige diensten meestal thuis. Jij werkt altijd en bent er dus nooit, en Nathalie is geen kindermeisje, zegt ze zelf.'

'Hier konden jullie dus ongestoord je gang gaan. Is het toch nog mijn schuld.' Mona keek haar kwaad aan. 'Als ík niet werk, wie verdient er dan geld om je eten, je kleren en al je andere dure dingen te betalen? Een oppas kan ik echt niet betalen. Ik ben al blij als Nathalie af en toe een oogje op je houdt.'

'Nathalie gaat ook liever uit met Freddy dan op mij te moeten passen. Maar vanaf nu hoeft er niemand meer op me te letten, hoor. Ik heb het allemaal wel begrepen.'

'Kan ik daar zeker van zijn?' Mona stond op om de telefoon, die was gaan rinkelen, uit zijn houder te pakken. 'Voor jou,' zei ze nadat ze haar naam had genoemd en had geluisterd. 'Joke, die politieagente.'

June pakte de telefoon aan. 'Met June... Nu direct, samen... Linda is hier niet meer. Zal ik haar bellen en vragen of ze met me mee gaat... Over drie kwartier ongeveer... We vragen bij de receptie naar jou, dan kom je ons ophalen. Goed. Tot straks.'

Ze legde het toestel op tafel. 'Ze willen een compositietekening van die jongen maken, en wij moeten daarbij helpen. En ze willen nog wat vragen stellen.'

'Nog nieuws over Cindy?'

'Daar heeft ze niets over gezegd.'

'Jammer. Nou, bel Linda maar om af te spreken.'

Het was al vijf uur geweest toen ze de hal van het politiebureau binnenliepen. Linda had tegen haar ouders gezegd dat ze samen met June naar het politiebureau moest om vragen over Cindy te beantwoorden. De politie probeerde namelijk zo veel mogelijk over Cindy te weten te komen, wie haar vrienden en vriendinnen waren bijvoorbeeld, en met wie ze verder omging. Ze hadden begrijpend geknikt en aangeraden om niets achter te houden.

De hal van het politiebureau was verlaten. Alleen achter de balie, links van de deur, zat iemand in uniform, die hen vragend aankeek.

'We komen voor Joke Frederiks,' zei June.

De man knikte. 'Ik kijk even of ze in haar kantoor is. Ga daar maar zitten,' zei hij terwijl hij de telefoon pakte. Hij wees op een bank tegen de wand, naast een rek met folders over inbraakpreventie, alcoholvrij rijden en wat te doen als je iemand op straat geweld zag plegen. Een-een-twee bellen natuurlijk, dacht June, en niet tussenbeide komen als de geweldpleger er sterker uitziet dan jij of gewapend is. Wel als bewijs een foto maken met je mobiel.

'Wat ben je stil,' fluisterde Linda.

Ze was zeker bang dat haar stem door de lege hal zou gaan galmen.

'Ik ben nog nooit in een politiebureau geweest. Jij?' June ging als vanzelf ook fluisteren.

'Nee.'

Ze zaten nog maar een paar minuten of de liftdeuren tegenover de balie schoven open. Joke kwam eruit en liep op hen af.

'Hallo. Hoe gaat het met jullie?' vroeg ze vriendelijk.

'In ieder geval een stuk beter dan vanochtend, toen we nog dachten dat Cindy bij die brand was omgekomen,' zei Linda.

'Dat was goed nieuws, hè? We moeten naar de vierde verdieping. Zullen we de trap nemen? Ik heb vandaag te weinig lichaamsbeweging gehad.'

Ze wachtte niet op instemming, maar ging naar het trappenhuis en begon in hoog tempo de trap op te lopen. June had de grootste moeite om haar bij te houden en raakte al na de tweede verdieping buiten adem. 'Dat krijg je nou van dat gezuip en nachtbraken,' hoorde ze haar moeder al zeggen. Met Linda was het al niet veel beter gesteld, zag ze toen ze omkeek. Ze hijgde zwaar en trok zich aan de leuning omhoog.

'Kom op, meiden,' plaagde Joke. 'Jullie zitten nog niet in het bejaardenhuis.'

Zou ze dit expres doen, om ons te laten voelen dat we sukkels zijn? vroeg June zich af. Het zou typisch iets voor haar moeder zijn, of voor Nathalie, maar voor Joke? Daar was ze te aardig voor, besloot ze.

Ze werden naar een kantoor geleid, met twee tegenover elkaar staande bureaus en bij het raam een laag tafeltje met twee stoelen. In de hoek stond een grote, groene plant.

'Neem plaats.' Joke wees op de stoelen. 'Willen jullie iets drinken, na al die inspanning? Water, of liever koffie?'

'Water alsjeblieft,' zei Linda nahijgend.

47

'Voor mij ook.'

'Ben zo terug. Rechercheur Speelman, mijn collega, kan elk moment hier zijn. We willen jullie eerst nog het een en ander vragen. Daarna gaan we die compositietekening samenstellen.'

Ze was net weg toen er een niet al te grote, breedgeschouderde man binnenkwam, die hen kalm opnam. June voelde zich er heel ongemakkelijk onder worden.

'Hallo. Speelman.' Hij gaf ze allebei een hand. 'Ik heb de leiding van het onderzoek naar jullie verdwenen vriendin.'

June slaakte inwendig een zucht en keek snel naar Linda. Dit wordt moeilijker dan bij Joke, vertelden Linda's ogen. Deze man kon je waarschijnlijk niet met halve waarheden tevreden stellen. Gelukkig kwam Joke weer binnen, met twee glazen water.

'Hoi Tom. Alsjeblieft.' Ze zette de glazen voor de meisjes op het tafeltje. 'Ik neem aan dat jullie kennis met elkaar hebben gemaakt. Hij ziet er stoerder uit dan hij is, hoor,' zei ze lachend.

Een andere toon, veel minder formeel, daar voelde ze zich prettiger bij. Ze vond het trouwens sowieso prettiger om met een vrouw over bepaalde dingen te praten. June keek even steels naar Linda, die het glas aan haar mond zette.

'Goed,' zei Speelman. Hij reed zijn stoel van zijn bureau weg en kwam bij hen zitten. Joke volgde zijn voorbeeld.

'We weten dat jullie gisteravond zo veel gedronken hebben dat jullie nog maar net op jullie benen konden staan. Jullie vriendin, Cindy, kon zelfs dat niet meer. Dat verbaast me een beetje.'

Hij nam hen allebei met een vragende blik op. June zag dat Joke wat verwonderd naar haar chef keek. Zou ze niet weten waar hij heen wilde?

'Zij had meer op dan wij, een hele beker mix,' zei Linda.

'Dat hebben jullie ook tegenover Joke verklaard,' zei Speelman. 'Ik zou me kunnen voorstellen dat ze daar na een kwartier of zo last van kreeg, maar niet onmiddellijk. Bovendien is Cindy een halve kop groter dan jullie en, laat ik zeggen, nogal stevig gebouwd. Met haar bouw en lichaamsgewicht zou ze meer alcohol moeten kunnen verdragen dan jullie. Maar gisteren gebeurde het omgekeerde. Zoals ik al zei, dat vind ik nogal verbazingwekkend.'

June zag dat Joke Speelman nog een keer aankeek. Daarna begon ze langs hen heen uit het raam te staren. De verwondering was uit haar ogen verdwenen. Ze wist blijkbaar wat hij met die opmerking bedoelde.

'Whisky, wodka, tequila, door elkaar. Daar ga je zo plat van, hoor,' herhaalde Linda.

'Vooral in combinatie met een pilletje of een poedertje,' zei Speelman droog. 'Speel nu alsjeblieft geen verstoppertje. We willen Cindy levend terug, liefst vanavond nog. Hebben jullie en Cindy soms iets geslikt of gesnoven, gisteravond?'

Stilte. June ging ongemakkelijk verzitten. Linda wilde het vast ook niet zeggen. Ze hadden gezworen nooit te verraden dat Cindy wel eens pilletjes meebracht waardoor je lekker uit je dak ging. Niemand mocht ook weten hoe ze daaraan kwam, anders kreeg ze er grote problemen door, had ze verzekerd.

'Kom op. Jullie willen er toch niet verantwoordelijk voor zijn dat haar iets ergs overkomt?'

Speelman reed zijn stoel een stukje dichterbij en keek hen een voor een indringend aan. Linda sloeg haar ogen net zo snel neer als zij, zag June vanuit een ooghoek.

'Ik vermoed namelijk dat Cindy, voordat ze het op een zuipen zette, al iets had geslikt. Daardoor was ze zo veel sneller van de wereld dan jullie. Heb ik daar gelijk in?'

June haalde diep adem. Bijna onmerkbaar knikte ze.

Speelman keek Joke aan met een blik van: zie je wel?

'Verstandig van je om dat niet voor je te houden. Weet je ook wat ze had gebruikt?'

'Niet precies. Ik ben een keer doodziek geworden van zo'n pilletje samen met sterke drank. Dus ik hoefde niet zo nodig.'

'En jij?' Speelman keek naar Linda.

'Ik weet dat het gevaarlijk is, drinken en pilletjes,' zei Linda zachtjes. 'Ik moet er niet aan denken dat mijn ouders erachter komen.'

'Jullie zijn in ieder geval nog een beetje verstandig geweest,' zei Speelman op milde toon. 'Hebben jullie wel eens een snuifje cocaïne van haar geprobeerd?'

Dat wist hij dus al, van de coke. June haalde bijna opgelucht adem. Dan hoefde zij het niet te verraden.

'Eén keer. Daar werd ik niet ziek van,' gaf ze toe. 'Maar ik wist daarna niet goed meer wat ik deed. Dat voor die webcam, weet je wel...'

'Jullie hadden gesnoven?' vroeg Joke ongelovig. 'Jij ook, Linda?'

Linda knikte. 'En ook gedronken. Mijn ouders krijgen dit toch niet te horen, hè?'

'Tja... Dat ligt moeilijk,' zei Joke. 'Jullie zijn wel minderjarig.'

'Voorlopig in ieder geval niet,' onderbrak Speelman haar. 'Zo lang jullie maar niets achterhouden en ons waar mogelijk helpen.'

'Natuurlijk. Wij willen Cindy toch ook terug.'

Linda knikte instemmend.

'Goed dan. Als eerste gaan jullie ons helpen om een compositietekening samen te stellen van de man met wie jullie via internet een afspraak hebben gemaakt.'

'We gaan jullie ook vragen om vanavond contact met hem te zoeken,' zei Joke. Opeens sloeg ze met een hand tegen haar voorhoofd. 'Stom, dat we dat niet eerder hebben bedacht.'

'Wat?'

'Wat hij kan, kan Marco ook. Hij heeft toch foto's gemaakt van June en Linda? Andersom moet dus ook kunnen, mits er maar de juiste software in die computer zit.'

'Daar had Marco ook wel eens op kunnen komen,' zei Speelman. Hij rolde zijn stoel terug naar zijn bureau en pakte de telefoon.

'Hoi Marco, Tom hier. Jij hebt de computer van die twee meiden daar nog staan, hè... Vanavond gaat die terug, ja. Kun je ervoor zorgen dat nieuwe beelden die via Junes webcam binnenkomen, worden vastgelegd... Heb je al gedaan. Nee, perfect, je had het me alleen even eerder moeten zeggen... Voor jou is zoiets logisch, ja... Wij zorgen dat die computer terug gaat... Afgesproken. Straks wordt hij bij jou opgehaald.'

Hij keek een beetje chagrijnig, stelde June vast. Nou ja, hij kon toch niet van alles verstand hebben en aan alles denken? Of juist wel? Hij was er verantwoordelijk voor dat Cindy werd gevonden, en niet zij of Linda, zoals hij net min of meer suggereerde. Dat deed hij om hen onder druk te zetten om mee te werken, dat begreep ze heus wel.

'Jullie kunnen de beelden van die internetvriend opslaan,' zei Speelman. 'Onze specialist heeft opgeschreven hoe je dat moet doen. Het is niet moeilijk, volgens hem. Ik vind alleen dat zoiets belangrijks niet aan jullie overgelaten moet worden.' Hij keek Joke aan. 'Wat vind jij?'

'Ik blijf er bij als ze contact hebben met die man. Hoe laat is hij meestal online, June?'

'Dat is heel verschillend, maar nooit voor negen uur 's avonds.'

'Dan hebben we tijd genoeg om alles weer te installeren, nadat ik de computer bij je thuis heb gebracht. Daarna wacht ik totdat jullie contact met hem hebben. Oké?'

'Natuurlijk.'

'Moet ik daar per se bij zijn?' vroeg Linda. 'Mijn ouders worden steeds nieuwsgieriger. Het is beter als ik een avondje thuisblijf.'

'Ik doe het wel alleen.' June keek naar Speelman. 'Wat moet ik hem eigenlijk vragen?'

'Tja.' Speelman krabde zich op zijn achterhoofd. 'Je moet hem uit zijn tent zien te lokken, hem zelf laten vertellen wat hij precies weet. Misschien is hij er niet van op de hoogte dat die caravan is afgebrand bijvoorbeeld. Jullie hadden tenslotte afgesproken tussen tien en half elf. Het zou heel goed kunnen dat hij naar binnen is gegaan en Cindy daar heeft aangetroffen en heeft meegenomen.'

'Hij kan ook een tijdje hebben gewacht en weer zijn weggegaan toen jullie niet kwamen opdagen,' zei Joke. 'Hij zou kunnen vragen waarom jullie hem voor niets hebben laten komen. Bedenk daar maar vast een goede smoes voor.'

'Reken er maar op dat hij dat wil weten. Heel goed, Joke, dat je er bij blijft.'

'Hij kan je zien via de webcam,' waarschuwde Linda.

'Dan zet ik hem niet aan, zogenaamd omdat hij kapot is,' stelde June voor.

'Ik vraag me af of hij daar intrapt. Laten we hopen dat het wat oplevert.' Speelman wierp een blik op zijn horloge. 'Het is al bijna zes uur. We doen die compositietekening morgen wel, als het dan tenminste nog nodig is. Ik heb nog een vraag voor jullie, en dat is niet de leukste.'

Hij keek heel ernstig, fronste zijn wenkbrauwen en reed zijn bureaustoel een stukje naar achteren. Daarna schraapte hij zijn keel. 'We weten dat Cindy bereid was om heel ver te gaan, als ze daarmee geld kon verdienen,' begon hij.

'Ik heb met Ronaldo en Mike gesproken,' verduidelijkte Joke. 'Zij beweerden dat jullie wel vaker zuipwedstrijden hielden en dat Cindy daarna, als jullie hadden verloren, met de jongens die meededen seks had om jullie schuld te betalen. Later verrekende ze dat dan met jullie. Ze had blijkbaar altijd geld nodig.'

June voelde dat ze een rood hoofd kreeg. Opeens wist ze niet waar ze moest kijken. Ook Linda bloosde, zag ze, en staarde schichtig uit het raam.

'Is dat allemaal waar?' vroeg Speelman.

'Dat wilde ze zelf,' antwoordde Linda na enige aarzeling. 'We hadden die jongens ook zelf kunnen betalen.'

'Met geld of met seks, dat mochten jullie zelf kiezen. Klopt dat?'

Speelman keek hen aan met een mengeling van ongeloof en afkeer.

'Ja. June en ik wilden niet seksen, en het maakte ons niet uit of we aan Cindy of aan de jongens betaalden.'

'Cocaïne en andere drugs kosten een vermogen voor tieners,' zei Speelman hoofdschuddend. 'En je moet toch ergens je geld vandaan halen. Daar begint dus de ellende. Schamen jullie je niet diep dat je daaraan hebt meegewerkt?'

'Ja,' stamelde June. Ze kon haar tranen nog net binnenhouden. Linda lukte dat niet meer.

'Weten jullie wie dat spul leverde?' vroeg Joke.

'Nee. Cindy wel.'

'Ik heb een keer een jongen op het schoolplein zien dealen,' zei Linda schoorvoetend.

'Daar zet ik een mannetje op,' zei Speelman tegen Joke. 'Wij moeten ons nu eerst op Cindy richten. Nou, wat mij betreft is het voor vandaag wel genoeg. Ik loop nog even naar Jan Witsen, Joke. Breng jij June en Linda naar de uitgang?'

Hij stond op en keek op hen neer. June voelde zich heel klein worden.

'Succes vanavond. We zullen elkaar binnenkort wel weer zien. Tot ziens dus.' Hij draaide zich om en beende het kantoor uit.

'Tja...' zei Joke peinzend. 'Hij heeft een jong dochtertje, en hij maakt zich nu al zorgen over wat er in de toekomst met haar zou kunnen gebeuren. Lopen jullie mee? De lift maar deze keer?'

Hoofdstuk 9

'Je belt morgen hè, over hoe het vanavond is gegaan.' Linda maakte met duim en pink een telefoongebaar.

'Tuurlijk. Sterkte met je pa,' zei June.

Linda keek haar vriendin na terwijl ze de straat uit reed. Het was rot als je ouders gescheiden waren. Het had echter ook voordelen. Geen strenge vader bijvoorbeeld, maar een die zich voor je uitsloofde, omdat hij wilde dat je hem aardig vond. June zag haar vader onregelmatig, af en toe in een weekend, of tijdens een weekje vakantie. Een vader om lol mee te maken, niet een zuurpruim met wie je ruzie kreeg omdat je bijna niets van hem mocht. Nou ja, ze moest het ook weer niet te mooi voorstellen. June klaagde er vaak over dat hij de alimentatie veel te laat betaalde, en soms zelfs helemaal niet. Toch bleef zo'n vader leuker dan een controlefreak als de hare.

Ze draaide zich om en liep naar de voordeur. Terwijl ze haar jas aan de kapstok hing, werd er vanuit de woonkamer geroepen.

'Ben jij dat, Linda?'

Haar vader.

'Ja.'

'Onmiddellijk hier komen.'

Ze hoorde aan zijn stem dat het fout zat. Zou hij soms met Junes moeder hebben gebeld, en zou die haar mond voorbij hebben gepraat? Laat het niet waar zijn, smeekte ze inwendig.

'Ga even rustig zitten,' zei haar moeder toen ze de kamer binnenkwam. 'En jij gaat naar je kamer.'

Dat was bedoeld voor Tim, haar broertje. Hij zat nog in groep acht van de basisschool.

'Waarom?'

'Omdat wij iets met Linda willen bespreken wat jou niet aangaat.'

'Heeft dat soms met die zuipkeet te maken?' vroeg Tim brutaal.

'En nu naar boven. Ik zeg het niet nog een keer.'

Hij maakte dat hij wegkwam.

Haar vader zat zich achter zijn krant vreselijk op te winden, zag ze aan zijn handen, die hij niet stil kon houden. De krant... Daar stond natuurlijk van alles over Cindy in! Maar niet alleen over haar. Hoe kon haar broertje anders weten van hun keet?

'We willen over een paar dingen zekerheid hebben, Linda,' begon haar moeder. 'In de krant staat een nogal schokkend verhaal over je verdwenen vriendin. Wij worden daar niet bepaald vrolijk van.'

'O,' zei ze zo verbaasd mogelijk. 'Hoezo schokkend?'

'Cindy is gisteravond dronken achtergebleven in een, eh, zuipkeet, zoals dat schijnt te heten. Haar vriendinnen zijn zonder haar weggegaan, omdat ze niet meer op haar benen kon staan. Er staan geen namen bij, maar wij kunnen die wel bedenken. Hoe zit dat precies?'

De stem van haar moeder trilde een beetje. Haar vader hield zich nog steeds gedeisd.

'Ik kan er toch niets aan doen als Cindy te veel drinkt?'

'Had jij dan niet gedronken?'

'Eh... niet zo veel.'

'Je liegt!' Haar vaders stem schoot uit van woede. 'Jij en June moeten ook bezopen zijn geweest. Jullie hielden namelijk een zuipwedstrijd, met een paar jongens.' Hij sloeg met zijn hand op de opengeslagen krant. 'Een journalist heeft met de ouders van een van die jongens gesproken. Hun zoon is vannacht doodziek thuisgekomen, omdat ze hem bij die keet gedwongen hadden om bekertjes sterke drank leeg te drinken. Was jij daar bij, Linda?'

Help! Carlo had alles aan zijn ouders verteld. Hoe redde ze zich hier in vredesnaam uit? Een beetje toegeven en laten merken dat ze er heel veel spijt van had? Daardoor kon ze misschien voorkomen dat haar ouders verder ging neuzen. Als ze maar niet op dat gedoe met die webcam zouden stuiten.

'Eh... Ik heb het wel gezien, maar ik kon er niets aan doen. June en ik wilden niet meedoen. We zijn bijna meteen weggegaan.'

Bijna meteen is nogal rekbaar. Ze loog dus niet. Het lukte haar dan ook om haar vader in de ogen te kijken, zonder haar ogen neer te slaan.

'Wij hadden niet zo veel gedronken als Cindy, hoor. Denk je niet dat Junes moeder, toen ze opbelde om te vragen of ik mocht blijven slapen, niets had gezegd als ik dronken was geweest?'

Haar vader en moeder keken elkaar aan.

'Dat mag ik wel hopen. Zo goed kennen we die vrouw niet.'

'Wat deden jij en June daar dan?'

'We zouden met z'n allen naar de disco gaan. Toen gingen ze opeens die wedstrijd houden. Van die disco zou wel niet veel meer komen, dachten June en ik. We zijn daarom naar haar huis gegaan, om MTV te kijken. Nathalie was er ook. Best gezellig.'

Ze keek afwachtend van haar vader naar haar moeder. Als ze dit verhaal slikten, dan kwam ze er genadig vanaf.

'Wanneer hoorden jullie dan dat die zuipkeet in brand stond en dat Cindy was verdwenen?' vroeg haar vader.

Zijn stem verraadde dat zijn achterdocht nog niet was verdwenen.

'Junes moeder vertelde het toen ze thuiskwam.'

'Was ze dan niet thuis?' reageerde haar vader onmiddellijk.

'Ze was bij vrienden op visite geweest,' bedacht ze razendsnel. 'Ze kon toch niet weten dat June vroeger thuis zou komen? Nou, zij was er langs gereden en had die keet in de fik zien staan. Dat Cindy was verdwenen hoorden we pas vanochtend. Ronaldo belde namelijk naar June.'

Over dat opbellen loog ze in ieder geval niet.

'Tja...' Haar vaders woede leek weg te ebben. 'Zo te horen valt jou minder te verwijten dan wij aannamen, behalve dat je niet bij die zuipkeet had moeten komen. Wat vind jij, Ankie?'

'Daar ben ik blij om.' Haar moeder was zichtbaar opgelucht. 'Wat een drama trouwens voor de ouders van Cindy. Je dochter verdwenen, en dan lees je ook nog zulke dingen over haar in de krant. Vreselijk!'

'June en ik vinden het ook vreselijk, hoor,' zei Linda verontwaardigd. 'Cindy was wel onze vriendin.'

'Was... Zo zeg je het goed,' zei haar vader op barse toon. 'Voor haar ouders hoop ik dat ze weer opduikt, voor jou is het beter als ze uit je leven verdwijnt. Slecht voorbeeld doet namelijk slecht volgen.'

'We déden haar toch niet na, pap.' Het lukte haar om het heel verontwaardigd te laten klinken.

'Linda heeft ons niet teleurgesteld,' viel haar moeder haar bij. 'Ik moet er niet aan denken dat Cindy iets ergs is overkomen. Ze is nog maar een kind, Leo.'

'Wat nou kind? Moet je die foto in de krant eens zien. Vergeleken bij haar is Linda nog een kind, ja. Er vonden bij die zuipkeet trouwens allerlei dingen plaats die het daglicht niet konden verdragen. Dat zegt een buurtbewoner, die vanuit zijn achtertuin zicht had op dat ding.'

Hij tikte met zijn wijsvinger op de foto. 'Laat me eens raden. Iets met drugs, of met seks? De foto van dat meisje past wel in zo'n plaatje. Zit ik er ver naast, Linda?'

Hij keek haar indringend aan.

'Ik zou het niet weten, pap. June en ik kwamen er niet zo vaak.' Ze trok haar meest onschuldige gezicht. 'En als we zoiets hadden gemerkt, waren we heus wel weggegaan.'

'Ja ja,' bromde haar vader.

'Voorlopig hebben we geen reden om haar niet te geloven, Leo. Hoe was het op het politiebureau? Hebben jullie goed kunnen helpen?'

'Een beetje. Wij weten ook niet alles van Cindy. Ze ging vaak genoeg uit zonder ons, omdat ze veel later mocht thuiskomen dan wij. Wij kenden haar andere vrienden dus niet zo goed.'

'Blij toe,' zei haar vader. 'Laten we dat alsjeblieft zo houden. Nou, genoeg hierover. Het is minder erg dan ik had gevreesd.'

'Heb je zo weer met June afgesproken?' vroeg haar moeder.

'Nee. We hebben niet zo veel zin om uit te gaan. We blijven gewoon thuis vanavond.'

Haar vader keek oprecht verbaasd. 'Hoor ik dat goed? Op zaterdagavond?'

'Er is een vriendin, een meisje uit onze klas, verdwenen, hoor. Dan ga je toch niet doen alsof er niets is gebeurd en gezellig stappen?'

'Ik kan me voorstellen dat je je daar heel erg beroerd door voelt,' zei haar moeder. 'Laten we hopen dat ze snel wordt gevonden. Misschien valt het achteraf allemaal erg mee.'

Haar vader pakte de krant en sloeg de pagina om met het artikel over Cindy.

Gelukkig, het was goed afgelopen. Opgelucht liep Linda naar haar kamer.

June voelde zich allesbehalve op haar gemak. De stoel waar Linda meestal op zat – van daar kon je goed meekijken op de monitor

– werd nu ingenomen door Joke. Om het nog erger te maken was ook haar moeder meegelopen naar haar kamer. Ze stond achter haar en keek over haar schouder naar het beeldscherm. Als die jongen maar niet ongevraagd de foto liet zien, of een filmpje, dat hij van Linda en haar had gemaakt. Bij de gedachte alleen al moest ze de neiging onderdrukken om weg te kruipen onder haar bed, zo diep schaamde ze zich.

Tien over negen, las ze rechtsonder op het scherm. Hij kon ieder moment online zijn.

'Hoe noemt hij zich?' vroeg Joke, die de lijst *fake*-namen van degenen die online waren, bekeek.

'Romeo the Great.'

'Hij is dus nogal met zichzelf ingenomen,' stelde Mona misprijzend vast. 'Wat een namen verder, zeg. Big bull, Hot pepper, Holy shit, Dreamgirl, Dutch Geisha's,' las ze hardop. 'Wacht eens, jouw naam moet hier dus ook bij staan, hè?'

'Dutch Geisha's,' antwoordde June. Ze hadden uiteindelijk voor die naam gekozen, nadat ze veel heftiger namen hadden geschrapt. Gelukkig achteraf. Dit ging er nog een beetje mee door.

'Ja ja,' zei Mona spottend. 'Echt een naam voor meiden van vijftien. Kijk eens aan, daar heb je Romeo the Great zowaar.'

'Dat valt me mee,' zei Joke. 'Ik had het op minder dan vijftig procent geschat dat hij zich zou melden.'

'Ik maak contact met hem,' zei June.

'*Hallo Romeo. Sorry van gisteren. Kom je apart, dan leg ik het je uit,*' tikte ze.

'*Oké.*'

Het duurde even, toen verscheen hij in beeld, met zijn gezicht dicht bij de webcam, waardoor het beeld een beetje vertekende.

'Opnemen, June,' drong Joke aan. 'Moet ik je helpen?'

'Niet nodig.' De instructie naast haar had ze niet eens nodig. Snel opende ze het programma dat Marco Swart op het politiebureau had geïnstalleerd en klikte op *run*. 'Hij neemt al op,' zei ze.

'Prima.' Joke tikte goedkeurend op haar arm.

'*Waar blijven jullie nou, lekkere geisha's?*' stond in het scherm. '*Ik zie jullie niet.*'

'*Nog een keer sorry. De webcam is kapot. Maandag koop ik een nieuwe.*'

'Vet fuck. Zonder dat ding kunnen jullie het niet goed met me maken. Had daar net iets moois voor bedacht.'

'Driemaal raden wat. De smeerlap,' zei Mona uit de grond van haar hart. 'Dat je zo'n knul aardig vindt. Hoe oud zei hij dat hij was, June?'

'Achttien.'

'Dan ben ik ook achttien,' zei Joke. 'Hij probeert jonger over te komen, door zijn kleding, door zijn haar alle kanten op te zetten met gel, en door zijn kamer goed te laten zien.'

Romeo was bij de webcam weggegaan. Hij stond naast zijn bed. Tegen de muur hing een poster van Paris Hilton. In een hoek van zijn kamer was net een elektrische gitaar te zien. Hij deed of hij nadacht.

'Ik schat hem eerder tussen de twintig en vijfentwintig,' zei Mona.

'Daar zou je wel eens gelijk in kunnen hebben.'

'Dat mijn dochter daar echt in is getrapt,' verzuchtte Mona.

June zuchtte ook. Die twee spraken over haar alsof ze er niet bij was. Het maakte dat ze zich nog ongemakkelijker ging voelen.

'Heb daar bijna voor joker gestaan,' verscheen op het scherm.

June keek Joke aan.

'Voor wie dan?' souffleerde Joke.

'Een gast op een scooter, met een chickie.'

'Hebben die je dan gezien?' zei Joke voor. June tikte het snel in.

'Weet ik niet. Had op tijd door dat jullie niet in die keet waren. Heb in mijn auto heel lang op jullie zitten wachten. Waar bleven jullie nou?'

'Mijn vriendin was ziek en ik wilde niet alleen komen.'

'En Lollypop?'

'Is dat de naam die Cindy gebruikt?' vroeg Joke met een neutraal gezicht.

'Ja. Wat moet ik antwoorden?'

'Dat Lollypop wel gegaan is. Hij had haar moeten zien.'

'Die is wel gegaan. Heb je haar dan niet gezien?'

'Hallo, trutjes. Dat zou ze jullie toch allang zelf hebben verteld. Zijn jullie soms een spelletje met me aan het spelen?'

'Shit,' zei Joke. 'Stom van me. Hij krijgt argwaan.'

'Wat moet ik nou antwoorden?'

'Dat hij daar toch van houdt.'

'Je houdt toch van spelletjes?'

Ze zagen hoe hij wegliep en in gedachten bleef staan. Abrupt draaide hij zich weer naar de webcam en boog zich over zijn toetsenbord.

'Ja, vooral van de mijne. Ik bedenk er wel weer een. O ja, had ik moeten zeggen. Heb ook leuke filmpjes van jullie gemaakt. Lollypop is echt een fucking star, ha ha ha.'

Ze zagen zijn arm voor de webcam zwaaien. Daarna viel het beeld weg.

'Hufter!' zei Mona fel. 'Jullie kunnen hem nu oppakken, hè?'

'Was dat maar waar.' Joke staarde teleurgesteld naar het beeldscherm. 'We hadden hem meer uit zijn tent moeten lokken. Nu weten we zelfs niet of hij ervan op de hoogte is dat die keet is afgebrand.'

'Hij kan Cindy daarvandaan hebben meegenomen,' zei June.

'Dat valt niet uit te sluiten. Maar hij zal ongetwijfeld volhouden dat hij daar voor niets heeft gewacht en dat hij jullie geen van drieën heeft gezien. Hij heeft wel een jongen op een scooter gezien, met een meisje. Benieuwd of buurtbewoners die ook hebben gezien. Tot nu toe heeft niemand het daarover gehad.'

'Kan hij zoiets niet verzinnen?' opperde Mona.

'Mogelijk. Maar waarom? We hebben misschien niets om hem op te pakken, maar wel genoeg om hem wat vragen te gaan stellen.'

'Kunnen jullie nu achterhalen wie hij is en waar hij woont?' vroeg June.

'Weet ik niet. Daar hebben we onze experts voor. Die hebben niet voor niets van alles op je computer geïnstalleerd. Ik hoop niet dat je het erg vindt, maar ik neem hem weer mee naar het bureau.'

'Natuurlijk niet. Als Cindy daardoor eerder teruggevonden wordt...'

'We hebben in ieder geval een goed portret van hem,' zei Joke. 'Lang kan het niet duren voor we achter zijn identiteit zijn. Zal ik de stekkertjes losmaken of doe je dat liever zelf?'

'Ik doe het zelf wel.'

'Wil jij dan ondertussen beneden een kop koffie of thee drinken?' vroeg Mona.

'Thee graag.'

Zou haar moeder nog iets willen vragen, of iets willen zeggen wat zij niet mocht horen? vroeg June zich af. Iets vragen lag het meest voor de hand. Als Joke haar mond maar hield over de pilletjes en de cocaïne. Haar moeder had tot nu toe niet veel moeite gedaan om zich te verdiepen in wat zij allemaal uitspookte. Nu ze echter wist wat ze voor de webcam had gedaan, zou dat wel anders worden. Als ze ook nog te horen kreeg dat er drugs in het spel waren geweest, zou ze de teugels wel eens strak kunnen gaan aanhalen. Dat moest ze zien te voorkomen, koste wat kost.

Ze draaide de computer zo dat ze bij de achterkant kon komen en begon de stekkertjes er een voor een uit te trekken. Laten ze die man alsjeblieft snel vinden, smeekte ze inwendig, en laat Cindy snel gevonden worden. Als het goed afliep, viel alles misschien nog een beetje mee. Aan een slechte afloop, waarbij Cindy onvindbaar bleef en helemaal niet meer terugkwam, of als lijk, wilde ze niet denken.

Opeens vocht ze tegen de tranen. Waarom dacht ze daar dan toch aan? Wat waren ze stom geweest, om dingen te doen voor een jongen die ze niet eens kenden. Dat was eens maar nooit meer, nam ze zich stellig voor.

Hoofdstuk 10

Zondagochtend om tien uur reed Joke, in de auto van haar vader, naar het politiebureau. Dat het werk van een rechercheur niet een baan was van negen tot vijf wist ze allang. Misdaad hield geen rekening met zon- en feestdagen, zei haar vader altijd als hij weer eens op een onmogelijk tijdstip werd opgeroepen. Nu ze zelf 's avonds en in het weekend moest doorwerken, viel het toch niet mee. Zo bleef er nog minder tijd over voor een sociaal leven. Er was echter een meisje verdwenen. Naarmate het langer duurde voor ze werd gevonden, werd ook de kans op een goede afloop kleiner. Elke minuut telde dus. Daarom had ze gisteravond Junes computer al naar Marco gebracht. Ze hoopte zo meteen te horen wat hij had gevonden.

Ze parkeerde de auto op het vrijwel lege parkeerterrein en liep via een zijingang door de verlaten hal naar de trap. Toen ze het kantoor binnenkwam, zat Tom al achter zijn bureau te lezen.

'Goedemorgen Joke. Goed geslapen? Verslag van het buurtonderzoek,' zei hij toen ze vragend haar wenkbrauwen optrok.

'Gelukkig wel. Jij?'

'Och. De kleine was nogal onrustig. Marleen kan daar niet zo goed tegen, en ik kan haar niet de hele nacht alles alleen laten doen, dan krijgen we echt ruzie.'

'O.' Meer wist ze er niet over te zeggen.

'Marleen heeft er moeite mee dat ik haar in het weekend niet wat kan ontlasten, begrijp je?'

Joke knikte maar wat. Met dat soort problemen kregen rechercheurs met een gezin dus te maken, en niet alleen politiemensen, nam ze aan.

'Heeft dat buurtonderzoek nog iets opgeleverd, over die scooter bijvoorbeeld?' Ze had Tom daar gisteravond nog over opgebeld.

'Vreemd genoeg heeft niemand het over een scooter, terwijl meerdere mensen wel een onbekende zwarte volkswagen, type Golf, in de buurt van de caravan hebben zien staan. Eén man had nogal opmerkelijke informatie. Die auto was hem opgevallen omdat hij zo veel lawaai maakte, door een sportuitlaat of zoiets. Daar ergerde hij zich aan. Hij heeft gewacht om te kijken wat voor opgefokte malloot, zoals hij het noemde, achter het stuur vandaan zou komen. De bestuurder bleef echter zitten. Het was toen bijna kwart over tien, want het begon al te schemeren, volgens de man. Toen hij een hele tijd later weer uit het raam keek, zo tegen elf uur, schatte hij, liepen er twee personen vanaf de caravan in de richting van de auto. Hij heeft er verder geen aandacht meer aan besteed. Het gebeurde wel vaker dat paartjes in het donker die keet opzochten om te vrijen. Kort daarna was de auto weg.'

'Romeo the Great, die Cindy meenam,' concludeerde Joke. 'Daar hielden we al rekening mee.'

'En dat verhaal over een scooter heeft hij verzonnen om ons op een dwaalspoor te zetten.' Tom legde het papier dat hij in zijn hand had op zijn bureau. 'Het is hoe dan ook een linkmiegel, volgens Marco.'

'Heeft hij Junes computer al doorgelicht?'

'Meer dan dat zelfs.'

Tom sloeg een map open, haalde er een foto uit en hield hem voor haar omhoog. Romeo the Great staarde haar aan, net zoals gisteravond op het beeldscherm.

'Dat heeft hij snel gefikst. Goed dat je geen compositietekening hebt laten maken. Hebben we die foto nog wel nodig? Kan Marco hem niet via zijn provider lokaliseren?'

Tom schudde ontkennend zijn hoofd. 'Het is een linkmiegel, zei ik al. Hij gebruikt speciale software, zodat hij geen sporen achterlaat op het net. Had hij die meiden per e-mail een foto gestuurd, dan hadden we een kans gehad. Dat weet hij zelf natuurlijk ook.'

'Een rotzak die veel te verbergen heeft. Grote kans dus dat hij Cindy heeft meegenomen,' herhaalde Joke.

'En de hemel weet wat hij met haar uitspookt, en nog gaat uitspoken. Hij moet gevonden worden, op heel korte termijn. Als het niet snel lukt, wil ik dit portret' – hij hield de foto weer omhoog – 'in een politiebericht op tv tonen.'

'Je trekt er een gezicht bij alsof je het toch niet ziet zitten.'

'Ik weet niet of Hoogland wil meewerken. De enige aanwijzing die we hebben, is dat iemand twee personen naar een onbekende auto heeft zien lopen, waarvan we aannemen dat die van hem is. Een opsporingsbericht voor iemand die achteraf volledig onschuldig blijkt te zijn, krijgt geen schoonheidsprijs. Daar is Hoogland gevoelig voor.'

'De politie wil in contact komen met... Kan dat ook niet?' stelde Joke voor.

'Zou kunnen.' Tom keek op zijn horloge en haalde vervolgens nog een paar foto's uit de map. 'Eerst gaan we met deze foto's aan de slag, in het centrum van de stad, bij de uitgaansgelegenheden, in de buurt waar die caravan staat... Hoogland heeft daar assistentie voor beloofd. Die had er trouwens al moeten zijn.'

'We zouden June toch vragen of ze een afspraakje met die man wilde maken? Heb je dat al weer uit je hoofd gezet?'

'Nog niet, maar ik begreep van jou dat hij gisteravond kopschuw werd.'

'Daar leek het op. Toch zou het me niet verbazen als hij vanavond weer online is.

'Onder een andere naam kan ook nog.'

Joke zuchtte. 'Maak het alsjeblieft niet nog moeilijker dan het al is.'

Op de gang klonken voetstappen. De deur werd geopend. Mireille en een onbekende agent kwamen binnen.

'Goedemorgen. Dit is Sander,' stelde Mireille haar collega voor. 'Hij is vorige week aan ons korps toegevoegd en kan meteen in het weekend aan de bak.'

Sander gaf Joke en Tom een hand.

'Hoogland had het over buurtonderzoek. Dat hebben we toch gisteren al gedaan, Tom?' vroeg Mireille enigszins verbaasd.

'Dit gaat een stapje verder.' Tom hield de foto weer op. 'We zijn op zoek naar deze man, en ik wil hem zo snel mogelijk op het bureau hebben.'

'Heeft hij het meisje meegenomen?' vroeg Sander.

'Wij vermoeden van wel. De foto wordt uiteraard onder alle collega's verspreid, maar ik wil niet gaan zitten afwachten.'

'Aan zo veel mogelijk mensen laten zien dus, en hopen op een toevalstreffer,' zei Mireille.

'Tenzij jij een beter plan hebt.'

Mireille schudde haar hoofd. 'Hoeveel dagen houdt Cindy het uit zonder haar medicijnen, Tom? Weet jij dat?'

'Niet precies. Ik heb me dat laten uitleggen door een zus van Marleen, die een zoon heeft met astma. Precies is het niet te zeggen. Het hangt er onder andere vanaf of ze in een schone of vervuilde omgeving wordt vastgehouden, of daar frisse lucht naar binnen komt, en of er in haar buurt wordt gerookt. Maar ook van haar eigen lichamelijke conditie. Als die slecht is, heeft ze minder weerstand en reageert ze sneller op prikkels.'

'Voor jou, June,' riep Mona naar boven.

June pakte de telefoon van haar bureautje en drukte op de gesprekstoets. Ze zou nu een piepsignaal moeten horen als haar moeder het toestel beneden uitschakelde. Dat klonk echter niet. Ze zou toch niet stiekem mee willen luisteren?

'Met June.'

'Hoi, met Ronaldo.'

'Niet voor jou, ma,' riep ze geïrriteerd omdat het geluid nog steeds niet had geklonken. Als antwoord hoorde ze de bekende piep.

'Wat is er?' vroeg ze humeurig.

'Weet je al iets van Cindy?'

Het klonk alsof hij van haar schrok, omdat ze zo onvriendelijk deed natuurlijk. Dat kwam niet door hem, maar door haar moeder.

'Mijn moeder probeerde mee te luisteren.'

'Vind je het gek, na wat er allemaal in de krant heeft gestaan? Heb je die al gelezen?'

'Nee.'

'Een verhaal over drank en seks in onze keet, en over Cindy natuurlijk. Mijn ouwelui willen ook opeens van alles van me weten. Carlo heeft zijn mond niet gehouden, de eikel. Maar weet je al iets over Cindy?' herhaalde hij.

'Nee. Ze lijkt van de aardbodem verdwenen. De politie heeft geen enkel spoor.'

'Dat krijg je als ze een chickie voor rechercheur laten spelen,' zei hij meewarig. 'Mike en ik zijn op het politiebureau geweest, omdat een "rechercheur" ons wat wilde vragen over Cindy. Werden we daar ondervraagd door een grietje dat maar een paar jaar ouder is dan wij. Best een lekker ding trouwens, om een afspraakje mee te maken. Misschien lukt me dat ook nog, als ik haar weer eens tegenkom.'

'Doe niet zo stom, Ronaldo. Dat was Joke. Ze doet alles wat ze kan om Cindy te vinden.'

'Alles wat ze kan...' Hij grinnikte. 'Je maakt me nieuwsgierig.'

'Ze was er al snel achter dat we af en toe drugs gebruiken.'

Het bleef een tijdje stil.

'Shit. Dat is foute boel. Mike en ik hebben onze mond daarover gehouden. Dat moet ze dus van jou hebben, of van Carlo.'

'Niet van mij. Ze wist gewoon dat Cindy iets moet hebben geslikt, omdat ze anders veel meer drank had kunnen verdragen.'

'Carlo dus. Wat een zeikwijf, die Joke. Als dat ook in de krant komt te staan, worden mijn ouwelui nog lastiger. Jij en Linda zwijgen er toch wel over, hè?'

'Wij willen vooral dat Cindy wordt gevonden. Dat jou iets wat wij aan de politie vertellen niet uitkomt, is jammer voor jou. Ben jij trouwens nog teruggegaan naar de keet nadat jullie hadden verloren van ons? Om te betalen bijvoorbeeld?'

Ze kon het niet laten om hem nog een keer lekker te pesten met zijn verlies.

'Echt niet,' klonk het humeurig.

'Er is daar een scooter gesignaleerd, met twee personen erop. Jij bent de enige van ons die zo'n ding heeft.'

'Zal best, maar ík was het niet.'

'Reken er maar op dat die rechercheurs je dat ook gaan vragen. Wedden dat ze bewijzen willen dat je ergens anders was?'

'Hallo, zeg.'

Ronaldo begon zich ergens ongerust over te maken, hoorde ze aan zijn stem.

'Ik ben met Mike naar huis gereden, vanwege die ondergekotste broek, weet je nog. Daarna ben ik naar de disco gegaan.'

'Zonder Mike?'

'Die was te misselijk. Hij is zijn nest ingekropen.'

'Dus Mike kan je verhaal niet bevestigen. Iemand anders wel?'

'Eh... geen idee. Ga jij nu ook al voor rechercheurtje spelen? Vinden vrouwen dat soms stoer?' vroeg hij kwaad.

'Hartstikke stoer,' zei ze grinnikend. Als de schaduw van Cindy's verdwijning niet over dit gesprek had gehangen, zou ze er beslist van hebben genoten dat ze hem zo op de kast had gejaagd.

'Je hebt in de disco vast wel met iemand gepraat of gedanst.'

'Ik was niet echt in vorm, door de drank.'

'Ronaldo doet een bekentenis,' zei ze pesterig. 'Wat is het je waard als ik die niet doorvertel?'

'Stomme trut!'

De verbinding werd verbroken. Ze keek verbaasd naar het telefoontoestel. Zo'n reactie was niets voor Ronaldo. Was hij van slag door Cindy's verdwijning of was er meer aan de hand? Veel tijd om er over na te denken kreeg ze niet, want de telefoon in haar hand ging weer over. Ze drukte snel op de gesprekstoets om te voorkomen dat haar moeder haar voor zou zijn.

'Waag het niet om zo'n verhaal rond te strooien!' Ronaldo's stem klonk dreigend. 'En bemoei je er verder niet mee.'

'Sorry?' vroeg ze overdonderd. 'Waarmee niet?'

'Met wat ik heb gedaan nadat ik bij Mike ben weggegaan. Dat gaat niemand iets aan, jou niet en die rechercheur niet.'

Ze hoorde spanning in zijn stem die ze niet eerder had gehoord. Hij was ergens bang voor, en niet voor het verhaal dat zij zou kunnen rondbazuinen om hem te pesten. Maar waarvoor dan wel?

'Als het maar niet met Cindy te maken heeft.'

'Natuurlijk niet. Ik wil haar toch ook zo snel mogelijk terug.'

'Waarom belde je me eigenlijk op?' vroeg ze nogal impulsief.

'Omdat ik wilde weten of er al iets bekend is over Cindy en om te zeggen dat we onze mond moeten houden over die drugs. Als iemand van ons te veel aan de politie vertelt, en ze komen erachter, dan zitten we in de shit.'

'Begrepen, Ronaldo,' zei ze wat vermoeid. 'We spreken elkaar nog wel.'

Dat de politie volledig op de hoogte was, en dat er een 'mannetje' op hun dealer op het schoolplein zou worden gezet, hield ze maar voor zich. Ronaldo hield ook van alles achter. Hij beweerde wel dat het niet met Cindy te maken had, maar was dat wel zo? Ronaldo was zichzelf niet. Zo kende ze hem niet.

Hoofdstuk 11

'Ik heb het echt gehad voor vandaag,' zei Joke met een diepe zucht. 'Alleen nog de computer terugbrengen naar June. Wat een rotdag.'

Ze was net terug van een middag 'leuren met de foto van Romeo', zoals Tom het noemde. Zonder resultaat. Ze was bekaf, en chagrijnig.

'We weten nu in ieder geval zeker dat die caravan is aangestoken,' zei Tom. Hij tikte met een vinger op het rapport van de technische recherche, dat hij zojuist had ontvangen. 'Er is vrijwel zeker benzine gebruikt. Er zijn restanten van een jerrycan gevonden.'

'Wat schieten we daar nou mee op? Ik ging er toch al van uit dat dat ding niet spontaan in de fik is gevlogen.'

'Het is niet uitgesloten dat de dader ons iets over Cindy kan vertellen. Dat doet hij uiteraard niet uit zichzelf. Dus we zullen hem moeten opsporen.'

'Is het niet handiger om Cindy meteen te vinden?' vroeg Joke geïrriteerd.

'Ik houd je niet tegen,' antwoordde Tom droog. 'Een moment alsjeblieft. Even naar Youssef bellen om te vragen of Mireille en hij meer succes hebben gehad dan wij.'

Joke ging weer op haar bureaustoel tegenover hem zitten en keek toe terwijl hij Youssefs 06-nummer intikte. Er werd vrijwel meteen opgenomen.

'Met Tom. Hebben jullie iets te melden, Youssef?'

Ja, zag ze aan Toms gezicht. Zijn wenkbrauwen gingen omhoog en zijn ogen werden groter. Ze telde vijf rimpels in zijn voorhoofd, die op slag verdwenen toen zijn gezicht weer ontspande en er een glimlach om zijn mond begon te spelen. Goed nieuws dus.

'Een rotdag, zei je toch?' zei hij toen hij de verbinding had verbroken. 'Maar toen wist je dit nog niet. Youssef en Mireille hebben een nieuwe getuige, een man die in een aangrenzende wijk woont en dus gisteren is overgeslagen bij het buurtonderzoek. Hij laat elke avond rond half elf zijn hondje uit, en wandelt dan naar het braakliggende terrein waar die indrinkkeet stond. Daar laat hij het beestje los, zodat het daar kan poepen. Dat doet hij meestal in de buurt van die caravan, volgens zijn baas.'

Hij trok er zo'n gekke bek bij, dat Joke in de lach schoot.

'Vrijdagavond dus hetzelfde patroon,' vervolgde Tom. 'Vanaf zijn huis is het tussen de tien en vijftien minuten lopen. Het hangt ervan af of zijn hondje veel tijd nodig heeft om overal langs de route te snuffelen. Het betekent dat hij tegen kwart voor elf bij dat terrein is. En nu komt het. Hij heeft een scooter bij die keet weg zien rijden, met twee personen erop. De lichten brandden niet. Hij reed heel langzaam, voorzichtig bijna. Dat viel hem meteen op, want meestal knetteren die dingen over het pad heen en weer.'

'Heeft hij omstreeks die tijd ook een auto zien staan?' vroeg Joke.

'Niet alleen dat, hij heeft er iemand in zien zitten, die alleen maar aandacht leek te hebben voor de keet en de scooter. Hij vond dat vreemd, is vlak langs de auto gelopen en heeft toen iets naar zijn hondje geroepen. De man in de auto schrok zich een ongeluk en draaide zijn gezicht naar hem toe.'

'Romeo the Great?'

Tom knikte. 'Hij herkende hem onmiddellijk van de foto. Hij heeft zijn hondje nog een tijdje laten rondsnuffelen en is toen pas weggegaan. Voor hij zijn eigen wijk inliep heeft hij nog een keer omgekeken. De auto stond er nog steeds. Hij schatte dat het toen net elf uur was geweest.'

'Dus,' zei Joke peinzend, 'lijkt het erop dat Romeo dat verhaal over de scooter niet verzonnen heeft. Wel heeft hij daar langer gestaan dan hij June heeft wijsgemaakt.'

'De vraag is: waarom?'

'Dat zou June hem kunnen vragen.'

'En hem weer kopschuw maken? Nee, liever niet. Ze moet alleen proberen om een afspraakje met hem te maken.'

'Oké. Ik ga haar computer terugbrengen.'

Ze stond abrupt op. 'Ik heb er echt even genoeg van. Tot morgen, Tom.'

'Moet even met jullie praten, Geisha's.'

June voelde zich onmiddellijk gespannen toen ze de tekst las. Joke had, toen ze aan het eind van de middag haar computer terugbracht, al voorspeld dat hij zich wel weer eens zou kunnen melden, omdat hij toch wilde weten waarom hij Cindy niet bij de keet had aangetroffen. En daar was hij al, nog voor negen uur.

'Oké. Waarover?'

Hij had zijn webcam niet aan staan, omdat zij dat ook niet had natuurlijk. Zou hij vermoeden dat het een smoes was dat hij stuk was?

'Over Lollypop. Ik heb haar echt niet gezien. Waarom wisten jullie dat niet?'

Wat nu? Deze keer moest ze het zonder Joke doen. Hem uit zijn tent lokken, had Joke gisteren gezegd. Uitvissen wat hij wist. Makkelijker gezegd dan gedaan.

'Dat snap je toch wel?'

Ze gaf er zichzelf een schouderklopje om. Uit zijn reactie kon ze misschien opmaken of hij wist dat de caravan was afgebrand.

'Ik snap er niks van. Hebben jullie Lollypop gisteren nog gesproken?'

'Nee dus.'

'En nu?'

'Nog steeds niet.'

'Hebben jullie soms ruzie? Jaloers omdat Lollypop met me uit zou gaan en jullie niet?'

June haalde diep adem. Dit moest ze uitbuiten. Het was veel minder verdacht als ze niet zelf begon over het maken van een date.

'Een klein beetje misschien.'

'Ga ik goedmaken. Jullie waren er niet omdat een van jullie ziek was. Oké, dat kan. Maar waarom was Lollypop er niet? Ik kan het haar niet vragen, want ze is nog niet online geweest sinds vrijdagavond.'

'Geen idee.'

'Bel haar dan op en vraag het. Of geef mij haar 06-nummer.'

'Dat doen we niet zonder haar toestemming. Als jij jouw nummer geeft, dan kan ze jou bellen, als ze wil.'

Opnieuw gaf ze zichzelf het schouderklopje dat Joke haar zou hebben gegeven als ze naast haar had gezeten. Het duurde opvallend lang voordat hij antwoordde.

'Dat lukt even niet. Heb mijn mobiel gisteren op de grond laten vallen. Zal morgen een nieuwe kopen.'

Foute boel! Hij geloofde haar verhaal over haar kapotte webcam niet, vertrouwde haar dus niet. Ze pijnigde haar hersens om

iets te vinden waarmee ze zijn vertrouwen zou kunnen terugwin-
nen. Iets prijsgeven wat ze voorlopig voor zich had willen houden, misschien?

'Geeft niet. Had het toch niet meteen aan Lollypop gegeven.'

'Aan wie dan wel?'

Shit. Dit antwoord had ze niet verwacht. Het was haar bedoeling dat hij dacht dat ze hem zelf had willen bellen, om een date
af te spreken bijvoorbeeld.

'Aan niemand natuurlijk. Je snapt er nog steeds niet veel van, hè? Weet
je echt niet wat er is gebeurd?'

'Nee. Ik baal verschrikkelijk. Als je het niet wilt vertellen, was dit ons
laatste contact. Jullie hebben blijkbaar iets te verbergen. Ik niet, kijk maar.
Ik durf mijn webcam gewoon aan te zetten.'

Hij deed het inderdaad, en hij daagde haar ermee uit om hetzelfde te doen. Zijn vertrouwde gezicht keek recht in de lens. Dat
was de oplossing! Als ze de hare ook aanzette, kon ze zijn vertrouwen weer winnen. Maar eerst het programma aanzetten om hem
op te nemen.

'Ik ook, al is hij niet van mij. Geleend van mijn zus.'

Ze schakelde hem in. Zijn gezicht vertrok in een grijns toen hij
haar op zijn scherm zag verschijnen.

'Ben je alleen?'

'Ja. En ik houd mijn kleren aan vandaag.'

Hij begon te lachen.

'Zal ik je eens laten zien hoe je er zonder uitziet?'

'Dat weet ik zo ook wel. Als je vervelend gaat doen, blok ik je.'

'Niet doen. Ik wil weten wat er is gebeurd.

'Onze keet is vrijdagnacht in de fik gegaan.'

Hij trok een verbaasd gezicht. Zo te zien was het niet gespeeld.
Hij wist het echt niet. Hij boog zich naar zijn toetsenbord.

'Toen ik wegreed stond hij er nog. Maar wat heeft dat met Lollypop te
maken?'

'Ze is daarna verdwenen.'

Hij schudde zijn hoofd, alsof hij het niet kon geloven.

'Hoezo verdwenen? Weggelopen van huis, bedoel je?'

· 'Nee, verdwenen. Niet thuisgekomen na de date met jou.'

Hij keek geschrokken, begon door zijn kamer te ijsberen, liet
zich toen op zijn bed vallen en liep pas na enige tijd weer naar het
toetsenbord.

'Je denkt toch niet dat ik er iets mee te maken heb? Dat zou een rare gedachte zijn.'

'Dan zou je geen contact met me hebben gezocht. En als je Lollypop onder je bed had verstopt, had ik haar gehoord toen jij daar net op neerplofte.'

Hij grijnsde.

'Oké, wat nu? Misschien is er niet veel aan de hand, maar ik wil wel horen hoe het is afgelopen.'

'Je mist haar natuurlijk.'

'Niet erg. Ze is haar afspraak niet nagekomen.'

'Zullen wij nog een keer ergens afspreken, voor die foto? En misschien weten we dan meer over Lollypop.'

Hij zei niet onmiddellijk ja, zoals ze had verwacht.

'Daar wil ik nog even over nadenken. Hoop jullie snel weer allemaal te zien.'

Het beeld floepte weg, zijn naam verdween uit de lijst.

Opgelucht en met een tevreden gevoel leunde June achterover. Dat had ze er een stuk beter vanaf gebracht dan Joke gisteren. Of ze er verder mee kwamen was uiteraard de vraag. Volgens haar had Romeo niets met de verdwijning van Cindy te maken, tenzij hij een heel goede toneelspeler was. Terwijl ze het dacht, sloeg de twijfel alweer toe. Loverboys konden ook zo goed toneelspelen; die lieten meisjes geloven dat ze smoorverliefd op hen waren, terwijl ze in werkelijkheid niets voor hen voelden. Romeo zou dat van die gasten afgekeken kunnen hebben. Dan zou hij alleen contact met haar hebben gezocht om zijn spel te kunnen spelen, om haar ervan te overtuigen dat hij niets met Cindy's verdwijnen te maken had. Pure bluf dus.

Poeh. Ze slaakte een diepe zucht, zette haar computer uit en stond op. Ze wist het niet meer, behalve dat ze morgenochtend Joke hierover moest opbellen.

Morgen... maandag. Ze had nog huiswerk. Helemaal geen zin in natuurlijk. Hoe zou dat trouwens gaan op school, nu Cindy verdwenen was? Zou de politie op school komen om dat te vertellen? Of haar ouders? Of zouden de lessen gewoon beginnen zonder dat er iets over Cindy werd gezegd? Dat zou wel erg vreemd zijn. Nou ja, ze wachtte wel af. Zuchtend pakte ze haar schooltas en haalde haar agenda tevoorschijn.

Hoofdstuk 12

Maandagochtend om kwart over zeven werd June gewekt door de stem van een dj, die een populaire rapper aankondigde. Het geluid denderde haar hoofd binnen. Ze strekte snel haar arm en sloeg de wekkerradio op het nachtkastje naast haar bed uit. Het laatste waar ze vandaag zin in had was school. Daar was ze ook veel te duf voor. Ze had vannacht opnieuw nauwelijks geslapen, had zich suf liggen piekeren over de vraag wat er met Cindy gebeurd kon zijn. En als ze even was weggezakt, werd ze onmiddellijk bestookt door droombeelden: van Romeo, lachend achter zijn webcam, van Cindy, eerst in de zuipkeet, languit liggend op de bank, spierwit, daarna in een toilet op school, terwijl ze cocaine opsnoof van een lepeltje, van Nathalie die Mona toebeet dat ze de rest van het weekend bij Freddy bleef, omdat ze er genoeg van had om voor oppas te moeten spelen.

Ze zuchtte diep, sloeg het dekbed van zich af en ging op de rand van haar bed zitten. Meteen onder de douche maar, daar knapte ze misschien een beetje van op. Nog een geluk dat Nathalie bij Freddy was gebleven, want ze kon de badkamer eindeloos bezet houden.

Toen ze twintig minuten later beneden kwam, zat haar moeder al aan de ontbijttafel op haar te wachten.

'Goedemorgen June. Heb je een beetje geslapen?'

'Was het maar waar.' Ze nam haar moeder enigszins verbaasd op. Op maandagochtend was ze altijd vrij, dan bleef ze meestal in bed liggen tot Nathalie en zij waren vertrokken.

'Ik dacht dat je het gezelliger zou vinden om samen te ontbijten, en dat je wel wat steun zou kunnen gebruiken.' Mona legde even een hand op haar arm. 'Arme June. Zulke dingen gaan je niet in je koude kleren zitten, hè?'

'Dat kun je wel zeggen,' mompelde June. Tussen haar oogharen door gluurde ze naar haar moeder, die haar bezorgd opnam.

'Mijn hoofd staat helemaal niet naar school,' zei ze wat klagerig. 'Vind je het goed dat ik vandaag thuisblijf? Dan kan ik straks ook naar Joke bellen, om te vertellen dat ik gisteravond met Romeo heb ge-msn'd.'

'Ik begrijp je wel, hoor,' zei Mona terwijl ze thee inschonk. 'Ik denk alleen dat je beter wel naar school kunt gaan, anders ga je hier maar zitten kniezen.'

'We hebben vanmorgen een toets Engels. Ik ben bang dat ik daar niets van bak,' hield June vol. 'Ik vermoed dat Linda ook thuisblijft vandaag.'

'Dat zou ik haar even vragen.' Mona gaf haar de telefoon aan.

Even later had ze Linda aan de lijn. Die mocht niet thuisblijven van haar vader en ze stond op het punt om te vertrekken.

'Ik zie nog wel wat ik doe. We zien elkaar vandaag in ieder geval.'

Ze verbrak de verbinding en legde het toestel op tafel.

'Linda moet naar school van haar vader,' zei ze zuchtend. 'Oké, dan ga ik ook wel, maar pas na die toets, en als ik met Joke heb gebeld.'

'Ze zullen er wel begrip voor hebben. Op school kunnen ze toch niet doen alsof er niets aan de hand is, terwijl een van hun leerlingen is verdwenen.'

Mona stond op en zette de transistorradio, die op de vensterbank stond, aan. 'Even naar het nieuws van acht uur luisteren,' zei ze. 'Misschien wordt er iets gezegd over Cindy's verdwijning.'

Niet dus. Alleen maar saai nieuws over ministers, verkiezingen in Amerika, een aanslag in Irak en rellen bij een voetbalwedstrijd. En het ging vandaag stormen, met een kleine kans op regen en onweer.

'Hoe laat kan ik Joke bellen, denk je?' vroeg June toen de reclame begon. 'Ik wil haar liever niet thuis storen.'

Mona trok een gezicht van: dat weet ik ook niet. 'Wacht nog een half uurtje,' zei ze toen. 'Om half negen zullen die rechercheurs toch wel aan het werk zijn?'

Met een landerig gevoel liep June na het ontbijt terug naar haar kamer. Haar moeder had gelijk. Zo zou ze de dag niet doorkomen. Ze had niet eens zin om haar computer aan te zetten om te kijken of er berichten waren.

Om even na half negen toetste June het 06-nummer van Joke in haar mobiel. Ze nam direct op. Aan haar opgewekte stem te horen had ze beter geslapen dan zij.

'Goedemorgen June. Jij bent er vroeg bij vandaag. Heb je nieuws?'

'Hoe wist je dat ik het was?'

Joke lachte. 'Ik heb je nummer meteen in mijn adresboek gezet, omdat ik verwachtte dat we elkaar nog wel een paar keer zouden spreken. Zeg op, wat is het nieuws?'

'Gisteravond heb ik met Romeo ge-msn'd.'

'Zie je wel dat hij zich zou melden,' zei Joke enigszins triomfantelijk. 'En? Heb je een afspraakje kunnen maken?'

'Nee. Dat wilde hij niet meteen. Ik heb alles opgenomen.'

'Hartstikke goed van je.'

'Kom je mijn computer weer ophalen?'

'Ik kan naar je toekomen om de opname te bekijken, als je tenminste niet naar school moet.'

'Vanochtend blijf ik thuis. Ik heb niet geslapen en kan me toch niet concentreren.'

'Begrijpelijk. Als ik een auto heb geregeld kom ik naar je toe. Tot zo.'

Toch duurde het bijna twee uur voordat Joke aanbelde, uren die June doorbracht op de bank voor de tv. Verveeld keek ze naar videoclips van ritmisch bewegende rappers en schaars geklede meiden, die om hen heen wervelden en tegen hen aan schuurden. Normaal gesproken kon ze er wel van genieten, maar vandaag deed het haar niets. Ze was blij dat de bel ging en dat ze iets kon doen.

'Wil je eerst koffie?' vroeg haar moeder die Joke binnenliet.

'Nee, dank je. Ik ben al laat en heb haast. Zullen we meteen naar je kamer gaan, June?'

Voor het eerst zag ze Joke in uniform. Ze zou er zo mee in een videoclip kunnen, bedacht ze. Ze zag er best sexy uit, met haar lange blonde haar los over haar schouders. Zou Ronaldo haar ook zo hebben gezien? Volgens haar had hij een nogal eenzijdig beeld van vrouwen en meisjes. Een politieagente die er niet uitzag als een manwijf paste daar niet goed in. Dat verklaarde waarschijnlijk zijn minachtende, seksistische opmerkingen over Joke.

'Ik heb de auto van Tom Speelman geleend,' zei Joke terwijl ze wachtte tot de computer was opgestart. 'Heel lastig dat ik zelf nog geen autootje heb.'

'Waarom koop je er dan niet een?'

'Makkelijk gezegd. Politiemensen verdienen veel minder dan de meeste mensen denken, en ik begin pas.'

'O.' Ze herinnerde zich dat er niet lang geleden door de politie was gestaakt vanwege te lage salarissen, logisch, als je niet eens een autootje kon betalen.

'Zal ik de beelden terugroepen? Marco heeft me net uitgelegd hoe dat moet.'

Joke ging op haar stoel zitten en begon met de muis te schuiven. Al snel verscheen het gezicht van Romeo op het scherm, met in het kader ernaast de teksten. Joke keek ernaar zonder iets te zeggen.

'Goed gedaan, June,' zei ze toen Romeo van het scherm verdween. 'Ik wil het nog een keer bekijken.'

Opnieuw bestudeerde ze zwijgend het beeldscherm.

'Hij is heel berekenend,' zei ze ten slotte. 'Wat denk jij? Is hij eerlijk?'

'Ik dacht van wel.'

'Ik eerst ook, maar nu ik het voor de tweede keer zie, twijfel ik. Hij doet te veel zijn best om oprecht te kijken, en hij schrikt nauwelijks als hij leest dat Cindy is verdwenen. Dat regeltje *Je denkt toch niet dat ik er iets mee te maken heb?* bevalt me ook niet helemaal. Hij probeert je zo voor te zijn, voor je zelf op die gedachte zou komen, bedoel ik. En het antwoord ligt al meteen in de vraag. *Dat zou een rare gedachte zijn.* Vreemd ook dat hij niet weet dat jullie keet is afgebrand.'

'Hij hoeft toch niet in de buurt te wonen. Maastricht of Groningen kan bij wijze van spreken ook.'

Joke keek haar aan met een mengeling van verbazing en ongeloof. 'Wacht even... We zijn ervan uitgegaan dat hij hier in de buurt woonde, omdat hij wist waar de keet stond.'

'Dat wist hij niet, hoor. Wij hebben hem uitgelegd hoe hij moest rijden, rondweg Alkmaar, richting Schagen, afslag St. Pancras. Hij wist niet eens dat St. Pancras bestond en dat het tegen Alkmaar aan lag.'

'Shit!' zei Joke uit de grond van haar hart. 'Eigen stommiteit. Had ik naar moeten vragen.'

'Hoezo?' June keek haar bevreemd aan.

'We zijn gisteren met een foto van hem op pad geweest om te kijken of iemand hem herkende. Nogal zinloos, achteraf.'

'Omdat hij hier niet woont.'

'Vrijwel zeker niet woont, lijkt me. Je hebt het beter gedaan dan wij, June. Als je weer contact met hem hebt, probeer er dan achter te komen waar hij vandaan komt. Vraag bijvoorbeeld hoe lang hij moest rijden voordat hij hier was. En probeer dat afspraakje te maken.' Joke stond op. 'Ik ga er snel vandoor. Als er iets is weet je me te bereiken. Je laat je mobiel toch wel altijd aanstaan, hè?'

'Zal ik doen.'

'Wat een haast,' zei Mona toen ze even later samen een kop koffie dronken. 'Zit er schot in de zaak? Cindy is al vanaf vrijdag-avond weg.'

'Was het maar waar. Ze had een auto geleend, en die moest op tijd terug zijn.'

'Wat zei ze van de opnamen van die engerd?'

'Dat ik het goed had gedaan.'

'En dat was alles?'

'Ze twijfelt eraan of hij wel eerlijk is.'

'Hoe is het mogelijk,' zei haar moeder sarcastisch. 'Je hoeft zijn smoel maar één keer te zien en je weet het al.'

'Niet iedereen is zo bevooroordeeld als jij.'

'Pubermeisjes bijvoorbeeld,' reageerde haar moeder prompt. 'En daarom kan hij zijn smerige spelletjes spelen.'

Om half twaalf vluchtte ze het huis uit, na een wanhopig sms'je van Linda, die gek werd van iedereen die tegen haar over Cindy begon. Niet alleen leerlingen, maar ook leraren en zelfs de rector probeerden haar uit te horen.

'*In de pauze op het plein,*' sms'te ze terug.

Toen ze bij school arriveerde, kwamen de eerste leerlingen al naar buiten, brugsmurfen, rennend en joelend. Ze zette haar fiets op de gebruikelijke plek in de stalling, naast die van Linda, en liep het plein weer op. Linda kwam naar buiten en keek zoekend rond. Ze kwam onmiddellijk op haar af toen ze haar ontdekt had.

'Blij dat je er bent,' zei ze. 'Wat een idiote ochtend.'

Linda zag er moe uit. Ze had natuurlijk ook niet geslapen. Haar mascara was doorgelopen, alsof ze had gehuild. Ze had beter ook een paar uur kunnen spijbelen. Waarom was ze niet naar haar toegekomen? bedacht June. Nu had zij alles over zich heen gekre-gen. Ze voelde er zich een beetje schuldig over dat zij wel was thuisgebleven.

'Laten we naar de fietsenstalling gaan,' stelde Linda voor. 'Daar staan we het meest uit het zicht.'

'Mij best.' Ze liet zich meetrekken. 'Hoezo een idiote ochtend?'

'Je had erbij moeten zijn. We zaten nog maar net of de rector klopte aan. Dat gezicht van hem... Alsof hij kwam vertellen dat Cindy dood was. De klas was nog nooit zo stil geweest. Hij vond het vreselijk wat er was gebeurd. Alle leraren waren diep onder de indruk en leefden mee met Cindy's ouders, en natuurlijk met haar klasgenoten en alle vrienden en vriendinnen die haar misten, zei hij. De politie deed er alles aan om haar te vinden, maar was op het ergste voorbereid.'

'Wat? Zei hij dat echt?' vroeg June ongelovig.

'Misschien heeft hij het zelf bedacht, om meer indruk te maken. Hoe het ook afliep, we konden er met z'n allen een les uit trekken, zei hij nog.'

'Heeft hij iets over die zuipwedstrijd gezegd?'

'Nee, niets gelukkig. En dus wilde iedereen van mij weten wat er precies is gebeurd. Ik werd er gestoord van.'

'En de jongens dan?'

Ronaldo en Mike zitten toch niet in onze klas. Cindy is onze vriendin. Ze weten dat wij meestal met z'n drieën gingen stappen.'

'Carlo zit wel bij ons in de klas.'

'Hij was niet op school. Vind je het gek na wat er over hem in de krant heeft gestaan?'

'Zijn naam werd toch niet genoemd?'

'Iedereen wist al dat het over hem ging.'

'Dat moet dan van Ronaldo komen,' schamperde June. 'Hij heeft opeens een bloedhekel aan Carlo, omdat het zijn schuld was dat ze de wedstrijd hebben verloren.'

'Ronaldo wil trouwens met ons praten.' Linda haalde haar mobieltje tevoorschijn. 'Lees dit sms'je eens.'

Hoi Lin, zag je naar les gaan. Moet je iets zeggen. Pauze, kantine.

'Alsof hij een opdracht geeft. Laat hem barsten,' zei June fel.

'Beter van niet. Ik houd Ronaldo liever te vriend. We kunnen toch gaan luisteren wat hij te zeggen heeft?'

'We?'

'Ja. Ik ga liever niet alleen. Met Ronaldo weet je het maar nooit.'

'Je bent toch niet bang voor die gozer?'

'Een beetje wel,' bekende Linda. 'Ik heb wel eens wat via hem besteld, snap je?'

June staarde haar vriendin ongelovig aan. 'Dat is toch niet waar, hè? Je had het spul dat we samen hebben gebruikt toch van Cindy gekregen, om uit te proberen?'

Linda trok een schuldbewust gezicht. 'Sorry. Dat heb ik gelogen. Ik had het zelf gekocht.'

'En Ronaldo had het voor jou besteld? Ik begrijp je niet hoor, Lin. Waarom heb je me dat niet gewoon verteld? En waarom heb je niet tegen Joke gezegd dat de dealer die jij op het schoolplein hebt gezien, Ronaldo heette?'

'Omdat Ronaldo de pillen of cocaïne meestal niet zelf afleverde. Hij verzamelde de klanten en gaf hun bestellingen door. Iemand anders kwam het spul brengen. Als die werd gepakt, wist Ronaldo natuurlijk van niks, maar hij streek wel het geld op.'

'Typisch Ronaldo,' zei June. 'Anderen het linke werk laten doen en zelf buiten schot blijven. Hij is dus een soort *drugsrunner*. Hoe kan het nou dat ik dat niet wist?'

'Je denkt toch niet dat hij daarmee te koop liep? Hij moest eerst weten of je belangstelling had.'

'Niet dus.' Ze keek haar vriendin verwijtend aan. 'Je had me moeten vertellen dat je die cocaïne zelf had gekocht,' herhaalde ze.

'Dat had ik echt wel een keer gedaan hoor, als we samen nog een keer hadden gesnoven en jij het ook vaker zou willen gebruiken.'

'Ik... vaker? Hoe lang gebruik jij dat spul dan al? En hoe ben je ermee begonnen?'

Linda keek ongemakkelijk. 'Ik heb het een keer van Cindy gekregen, toen ik me ellendig voelde omdat ik van mijn vader het weekend niet mocht stappen. Zo kon ik toch ontsnappen, zei ze. Het was aardig van haar bedoeld. Ze wilde niet eens dat ik haar betaalde.'

Opeens trilden haar lippen. June keek snel de andere kant op. 'Zullen we maar eens gaan horen wat Ronaldo te vertellen heeft?'

Nog voor ze de ingang van de school hadden bereikt, werden ze staande gehouden door Hazebroek, hun leraar Engels.

'Wat een drama,' begon hij. 'Weten jullie hoe Cindy's ouders eronder zijn? Hebben jullie met ze gepraat?'

'Nee,' antwoordde Linda kortaf.

'Jullie hebben Cindy toch voor het laatst gezien, heb ik begrepen?' Hij keek hen doordringend aan. 'Het lijkt mij logisch dat haar ouders dan met jullie willen praten. Jullie missen Cindy toch net zo erg? Misschien kunnen jullie elkaar tot steun zijn.'

Hazebroek deed ook al of Cindy voorgoed was verdwenen, dacht June. Hij had echter wel een punt. Zij en Linda moesten na school maar samen naar Cindy's ouders gaan.

'We gaan vanmiddag bij hen op bezoek,' zei ze, de vragende blik van Linda negerend. 'Ik voelde me vanochtend niet lekker. Wanneer kan ik de toets inhalen?'

'Dat hoeft niet,' zei Hazebroek geruststellend. 'Hij is uitgesteld. Ik kan toch geen toets geven als mijn leerlingen net te horen hebben gekregen dat er een klasgenoot is verdwenen?'

'Gelukkig. Dank u wel.' Ze liep snel verder, Linda aan haar arm meetrekkend.

Door een lange gang liepen ze naar de kantine. Genoeg nieuwsgierige blikken, maar ze werden gelukkig met rust gelaten. Zoals altijd stond er een groep jongens rond de voetbaltafels, direct naast de ingang. Toen ze langsliepen viel het spel even stil, omdat ze alle aandacht naar zich toe trokken. Sommige jongens gaapten hen ongegeneerd aan. Een van de jongens maakte een gebaar alsof hij achter elkaar drank achterover sloeg. 'Lekker wippen,' riep hij daarna en maakte een obsceen gebaar met zijn duim tussen zijn vingers.

'Shit,' zei June die voelde dat ze bloosde. 'Weet iedereen soms al wat er bij onze keet gebeurde?'

'Dit gaat al zo sinds de eerste pauze. Vooral dat staren vind ik erg,' zei Linda nerveus.

'Hij is trouwens niet de eerste die dat gebaar maakt. Er wordt gigantisch gekletst, maar over wat er met Cindy gebeurd zou kunnen zijn, maakt niemand zich blijkbaar druk.'

'Dat hebben we natuurlijk aan Ronaldo en Mike te danken. Die kunnen niet uitstaan dat ze van ons hebben verloren en nemen zo wraak. Wat een stelletje losers.'

June liet haar ogen door de lawaaiige kantine dwalen. De tafels bij het raam werden bezet door de bovenbouwers; de brugpiepers zaten dicht bij de automaten met snoep en frisdrank. Papierproppen vlogen daar door de lucht en lege flesjes rolden over de vloer; twee jongens zaten elkaar joelend achterna. Overal lagen bekertjes, lege plastic zakjes, stukken brood en zelfs beleg. Geen surveillant vandaag! Die zat natuurlijk in de lerarenkamer om het laatste nieuws over Cindy niet te hoeven missen, en om over haar en Linda te roddelen, bedacht June wrang.

Ronaldo stond met Mike in de buurt van een klein podium. Hij hing quasi-nonchalant tegen een van de hoge, ronde tafels waaraan staande gegeten en gedronken kon worden. Toen hij hen zag strak hij zijn hand op.

'Benieuwd wat hij te zeggen heeft,' zei Linda terwijl ze zijn kant op begon te lopen.

'Niet moeilijk te raden. Dat je het niet in je hoofd moet halen om tegen de politie te zeggen dat je via hem aan drugs kunt komen, natuurlijk.'

'Hoi,' zei Ronaldo toen ze bij hem gingen staan. 'Nog geen nieuws over Cindy, hè?'

Mike hield zijn mond, grijnsde zoals gebruikelijk.

'De politie is iemand op het spoor die haar waarschijnlijk uit de keet heeft meegenomen,' liet June zich ontvallen.

'Wat?' Ronaldo keek haar met grote ogen aan. 'Meegenomen? Niemand wist toch dat ze daar haar roes lag uit te slapen. Ze kon niet eens rechtop blijven zitten, laat staan lopen. Heeft hij haar dan gedragen?'

'Hoe weet je dat zo goed?' June bekeek hem onderzoekend. Eerst zijn vreemde gedrag toen ze hem vertelde dat er een scooter bij hun keet was gesignaleerd, en nu deze opmerking.

'Wat bedoel je?'

'Dat Cindy niet overeind kon blijven?'

'Dat heb je me zelf verteld.' Hij haalde nonchalant zijn schouders op. 'En wat maakt het uit?'

'Dat heb je niet van mij,' hield June vol.

'Toen ze het laatste bekertje had leeggedronken viel ze al van haar stoel,' zei hij met een geïrriteerd gezicht.

'Ze zou dus zo van je scooter vallen?'

'Wat zanik je nou, trutje. Ga ergens anders voor smeris spelen,' viel hij uit.

Hij keek wat onzeker naar Mike, stelde June verbaasd vast. Ze snapte werkelijk niets meer van Ronaldo.

'Waar gaat dit over?' vroeg Linda nieuwsgierig. 'Heb ik wat gemist?'

'Iemand heeft een scooter met twee mensen erop bij de keet zien wegrijden, niet lang voordat hij in de fik ging. Dat heeft Joke me verteld,' zei June terwijl ze Ronaldo strak bleef aankijken. 'Daar maakt hij zich een beetje zenuwachtig over, zo te zien.'

'Stik,' zei Ronaldo. 'Ik zou me zelf maar zenuwachtig maken, als ik jullie was.'

'Tenzij jullie je bek houden.' Mike's eerste woorden.

Er zat een onmiskenbare dreiging in. Op Linda maakte hij indruk, zag June. Zijn anders zo stompzinnige grijns had opeens iets intimiderends. 'Ik zou niet weten waarover,' zei ze.

'Alsof Linda je niet allang alles heeft verteld,' zei Ronaldo meewarig. 'Jullie zijn vriendinnen, die vertellen elkaar toch alles?'

'Is dat zo, Lin?' vroeg ze gespeeld onnozel. 'Je moet me straks toch eens vertellen waar hij het over heeft. Het lijkt wel of Ronnie ergens bang voor is. Misschien wel voor een agente, die maar een paar jaar ouder is dan hij. Een beetje zielig, hoor.'

Hij hield zijn lippen stijf op elkaar geperst, zijn toegeknepen ogen keken haar vuil aan. Haar woorden, en vooral haar minachtende toon maakten hem razend. Het kon haar niets schelen, haar maakte hij niet bang. Hij hield iets achter wat met Cindy te maken had, daar was ze opeens van overtuigd.

Met een ruk boog hij zich naar haar toe en bracht zijn gezicht vlak bij het hare. 'Ik waarschuw je. Je moet uitkijken, jij.' Toen draaide hij zich om en liep weg.

'De lui die het spul leveren zijn bloedlink,' verklaarde Mike. 'Als er hier iets misgaat, pakken ze hem daarvoor. De smerissen waren hier vanochtend. Ze onderzoeken de wc's en de kluisjes. Ik zag ze er iets op spuiten. Kop houden dus.' Hij haastte zich achter Ronaldo aan.

June haalde haar schouders op. 'Daar hebben wij toch geen last van, Lin? Van mij mogen ze hem een keer afrossen. Kan hij iets met Cindy's verdwijning te maken hebben, denk je?'

'Ze heeft een keer slaande ruzie met hem gehad, over geld. Ze had hem, volgens haar, een keer te veel betaald, en ze wilde het geld terug hebben.'

'Wacht even... Ronaldo gaf toch alleen maar door wie wat wilde kopen?'

'Je betaalt ook aan Ronaldo. Je krijgt daar een bewijs voor, waarmee je het spul kunt ophalen.'

'Weet je hoeveel klanten Ronaldo heeft op onze school?'

'Best veel, volgens Cindy. Hij verdient er zo veel mee dat hij er een scooter van heeft kunnen kopen.'

'Wat een pech dat Cindy is verdwenen en de politie onderzoek gaat doen. Dat zou hem zijn handeltje kunnen kosten. Dat is voor hem belangrijker dan Cindy's verdwijning. Wat een klootzak! Ik hoop dat de politie hem te grazen neemt.'

Hoofdstuk 13

'Het wordt steeds treuriger. Ik moet mezelf er telkens aan herinneren dat we onderzoek doen naar tieners, naar scholieren.' Jan Witsen ging op een van de stoelen bij het raam zitten. Jules volgde zijn voorbeeld.

Joke nam hem onderzoekend op. Hoelang kende ze Jan al? Sinds hij met haar vader samenwerkte, minstens een jaar of tien, schatte ze. Ze kon zich niet herinneren hem ooit zo bezorgd te hebben zien kijken.

Tom rolde uit gewoonte met zijn bureaustoel naar het zithoekje toe. 'Lucht je hart maar, Jan.'

'Vertel jij het ze maar, Jules.'

'We hebben onderzoek gedaan naar de mogelijke aanwezigheid van restsporen van...'

'Niet zo formeel, Jules,' onderbrak Jan hem ongeduldig. 'Zeg maar gewoon waar het op staat, dat we op heel veel plaatsen positief hebben getest.'

Jules keek wat onzeker. 'Als je dat wilt... We hebben de spuitbustest gedaan op de jongens- en meisjestoiletten. Cocaïnesporen op deurknoppen, doorspoelknoppen en wc-brillen. Ook de test naar hennepproducten was positief. Daarna hebben we hetzelfde gedaan in klaslokalen, op deurknoppen vooral. Af en toe positief. Het computerlokaal viel het meest op. Twee toetsenborden en de bedieningsknoppen van de printer waren positief. Cocaïnerestanten, geen wiet.'

'Heb jij op diezelfde school gezeten, Joke?' vroeg Tom.

'Ja. Toen werden wel stickies gerookt, maar van cocaïne heb ik nooit iets gemerkt. Het is wel ruim vijf jaar geleden.'

'Tijden veranderen blijkbaar snel. Dit lijkt veel op de uitkomsten van het onderzoek dat in Rotterdam is gedaan. Ik dacht dat we hier in Noord-Holland ver genoeg van de grote steden vandaan zaten om dit soort ellende buiten de deur te houden.'

'Lees je geen kranten, Tom? Vorige week een artikel over drugsgebruik onder de schooljeugd in de kop van Noord-Holland. Dat neemt onrustbarende vormen aan, stond er letterlijk in geschreven. Waarom denk je dat ik die testen wilde doen?'

'Zou het allemaal niet wat overdreven zijn?' wierp Joke tegen. 'Nu lijkt het net of het overgrote deel van de jeugd zich te buiten gaat aan drugs en alcohol. Volgens mij is het een klein groepje. Dat was vroeger ook al zo. De rest is gewoon braaf.'

'Maar staat wel continu bloot aan allerlei verleidingen,' zei Jan. 'Ik probeer er wel eens met mijn zoon over te praten, maar die doet of hij nergens van weet. Ik hoop maar dat het waar is.'

'Oké,' zei Tom. 'De vraag is: wat hebben we eraan in verband met Cindy's verdwijning?'

'Ze had altijd geld te kort, schulden misschien ook, omdat ze meer gebruikte dat ze kon betalen.' Joke reed haar stoel ook naar de drie mannen toe. Ze had al eerder bedacht wat ze nu ging vertellen, maar het voor zich gehouden omdat ze dacht dat het te ver ging. Na wat Jan en Jules hadden ontdekt was echter niets meer uitgesloten.

'Ik weet niet hoe ik het netjes moet zeggen... Cindy was nogal makkelijk wat jongens betreft, zeker als ze geld nodig had. Stel nu dat ze een flinke schuld had opgebouwd, waar ze niet meer uitkwam. En dat haar dealer tegelijk een loverboy was, een combinatie die nogal eens voor komt. De rest kunnen jullie zelf wel invullen, denk ik.'

'Dat kind is zestien,' zei Jan. 'Dit gaat me echt te ver, Joke.'

'Lees je soms geen kranten, Jan? Meisjes van dertien, veertien worden door zulke gasten de prostitutie in gejaagd. Dat weet jij toch nog wel, Tom? Ik zat in de vierde van de havo toen jij met mijn vader in Alkmaar aan zo'n zaak werkte.'

'Dat was heftig, ja. Zoiets vergeet je niet snel. Jij sluit dus niet uit dat ze door degene die haar drugs leverde uit die caravan is weggehaald?'

'De onbekende op de scooter misschien, die kwam kijken of hij daar wat kon verkopen. Hij heeft haar gevonden, bijgebracht en meegenomen.'

'Zou kunnen,' zei Tom. 'We hebben dus drie mogelijke aanknopingspunten.' Hij hield Romeo's foto op. 'Allereerst deze man. Hij rijdt in een Golf, waarschijnlijk donkerblauw of zwart, met een sportuitlaat. Kan overal in Nederland wonen. Moeilijk zoeken dus, hopen op een toevalstreffer. We hebben zijn foto in alle systemen gezet. Het blijft een volkomen onbekende. Dan iemand op een scooter, die ergens tussen kwart voor elf en elf uur bij die indrinkkeet gesignaleerd is, met een passagier achterop. Lijkt me minder moeilijk te achterhalen. Om te beginnen moeten we nagaan wie van de gebruikelijke bezoekers van de keet in het bezit was van zo'n ding,'

'Doe ik wel,' zei Joke.

'Dat is goed. Ik neem aan dat jullie bij het onderzoek op bandensporen hebben gelet, Jan?'

'Allicht. De brandweerauto, die tot dicht bij de keet is gereden, heeft er helaas nogal wat gewist, en de spuitgasten hebben de boel rondom flink platgetrapt. Afdrukken van een andere auto hebben we niet gevonden, ook niet op het pad naar de caravan, wel veel sporen van fietsbanden en een paar vage, wat bredere sporen, vermoedelijk van een scooter of een motor. Voor de zekerheid hebben we daar gipsafdrukken van gemaakt.'

'Uitstekend, Jan. Doe er je voordeel mee, Joke. Dan ons laatste aanknopingspunt. Ergens loopt een dealer rond die Cindy haar drugs leverde. Dat kan die scooterman zijn, Joke, maar het hoeft niet. Een van die meiden zei toch dat hij zich wel eens op het schoolplein liet zien?'

Joke knikte.

'Ik zorg ervoor dat daar vanmiddag nog iemand gaat posten,' zei Tom. 'We blijven intussen zoeken naar Romeo en die scooterman. Iemand nog suggesties?'

'Misschien,' zei Jan. 'Heb je de lijst met dingen die we in de buurt van die keet hebben aangetroffen en veiliggesteld helemaal gelezen, Tom?'

'Je bedoelt bierblikjes, breezerflesjes, een wodkafles, lege chipszakjes, zulke dingen?'

'Het is je dus niet opgevallen,' zei Jan. 'Veel sigarettenpeuken en lege pakjes ook, tussen de hondenpoep.' Hij trok een vies gezicht. 'Het leek daar wel een hondentoilet. Maar dat bedoelde ik niet. Tussen die peuken lag een sigarenpeuk. Dat viel ons op. We hebben die apart veiliggesteld omdat hij erg vers was, er misschien minder dan een dag heeft gelegen.'

'Tieners roken geen sigaren,' zei Joke met gefronste wenkbrauwen.

'Precies.'

'Iemand die daar zijn hond uitliet misschien?' opperde Tom. 'Je zei dat het daar wel een hondentoilet leek.'

'Ja, alsof hondenbezitters daar met opzet hun honden lieten poepen,' zei Jules. 'Buurtbewoners wilden dat ding daar toch weg hebben? Ze zouden het afgesproken kunnen hebben.'

Tom knikte goedkeurend. 'Daar zijn we snel achter. Ik zal de hondenbezitters in de buurt eens aan de tand gaan voelen, en uitzoeken wie van hen sigaren rookt.'

'Die kan daar vlak voor de brand uitbrak zijn geweest. Hij zou met een sigarenpeuk zelfs een lont aangestoken kunnen hebben.'

'Niet onmogelijk, Jan. Dat is dus ons vierde mogelijke spoor. Nog iemand?'

Niemand reageerde.

'Zie je kans om het merk van die sigaar te achterhalen, Jan?'

'Moet niet moeilijk zijn.'

'Graag dan. Oké, aan de slag maar weer. Laten we dat meisje alsjeblieft vinden voordat het niet meer hoeft.'

Direct nadat Jan Witsen en Jules waren vertrokken, belde Joke naar het mobiele nummer van June. Die nam onmiddellijk op.

'Hoi June. Ik moet je even iets vragen. Komt het uit?' Ze luisterde en liep daarna met haar mobiel tegen haar oor gedrukt naar het raam en staarde naar de binnenplaats beneden haar, die dienst deed als luchtplaats voor gevangenen in de politiecellen.

'Je bent precies je vader,' zei Tom achter haar. 'Als het ingewikkeld werd ging hij daar ook zo staan.'

Ze draaide zich om en glimlachte naar hem. 'June heeft toch besloten om naar school te gaan,' zei ze. 'Het is daar nu pauze en ze zoekt een rustig plekje om te kunnen praten.'

'Probeer nog iets over die dealer te weten te komen.'

Joke knikte en luisterde weer. 'Verstandig van je. Het gaat hierom: hoeveel bezoekers van jullie keet waren in het bezit van een scooter?'

Het beviel haar niet wat June vertelde. 'Je bedoelt het uiteraard goed, maar je kunt dat soort dingen beter aan mij overlaten. O ja, nog iets. Linda vertelde dat ze wel eens een dealer op het schoolplein had gezien. Over hem zouden we graag meer te weten komen, een beschrijving van zijn uiterlijk bijvoorbeeld... Nee, dat begrijp ik... Dat kun je gerust doen. Probeer haar nummer zo vaak mogelijk te bellen. Je weet maar nooit.'

Toen ze het gesprek had beëindigd liep ze terug naar haar bureau en ging tegenover Tom zitten. 'Ronaldo is de enige die een scooter heeft. June heeft hem jammer genoeg al verteld dat er kort voor de brand een scooter is gesignaleerd, met twee personen erop. Ze heeft maar meteen gevraagd of hij dat soms was.'

'En?'

'Hij ontkende, maar deed er daarna nogal moeilijk over.'

'Dat had ze beter niet kunnen vragen. Mocht hij het inderdaad zijn geweest en erover liegen, om welke reden dan ook, dan is hij nu gewaarschuwd.'

'Daarom zei ik dat ze het aan mij had moeten overlaten.'

'Je gaat het hem zelf ook nog een keer vragen, neem ik aan?'

Joke knikte. 'Ik zou toch achter die scooterman aan gaan? Als June meer over die dealer te weten is gekomen, belt ze me trouwens.'

'Wie weet helpt het. Wat vond je zo verstandig van haar?'

'Dat ze niet wilde dat anderen meeluisterden. O ja, en ze belt regelmatig naar het mobiele nummer van Cindy. Haar mobieltje is uitgeschakeld, maar wie weet ziet ze kans het aan te zetten, zei ze.'

'Ik kan me eerder voorstellen dat iemand anders het inschakelt en het achterlaat op een plek ver van de plaats waar Cindy is. Iedereen weet tegenwoordig toch dat je mobieltjes die aanstaan uit kunt peilen, zodat je weet waar iemand is.'

'Wat ben je opeens somber, Tom.'

'Wat wil je? Het is maandagmiddag. Cindy is al 62 uur weg, vanavond drie etmalen. Naarmate het langer duurt wordt de kans op een goede afloop statistisch gezien kleiner. En het ziet er niet naar uit dat ons speurwerk onmiddellijk resultaat oplevert.'

'Dat weet je niet. Ik blijf optimistisch, ook al ga ik nu een afspraakje maken met een seksistisch huftertje, dat ik het liefst hondenstront zou laten happen.'

'Een afspraakje?' Tom grijnsde breed. 'Probeerde die knul niet met je te flirten?'

Ze grijnsde terug. 'Zoiets vergeet jij niet, hè? Ik heb er echt zin in. Wat mij betreft strompelt hij met een gebroken ego naar buiten.'

'Maar wel nadat hij je heeft verteld wat je wilt weten, natuurlijk.'

'Reken maar.'

'Ga hier maar met hem zitten. Ik ga op zoek naar hondenbezitters die sigaren roken en pubers pesten met hondenpoep. Misschien ben ik op tijd terug om een stukje mee te genieten van je gesprek. Hoe laat wil je hem hier hebben?'

'Als hij uit school komt. Ik heb zijn mobiele nummer en hij heeft hopelijk ook pauze op dit moment.' Ze tikte snel een nummer in. Na even wachten stak ze haar duim omhoog.

'Dag Ronaldo, met rechercheur Frederiks... Die ja.' Ze klemde haar lippen geërgerd op elkaar. 'Ik wil je vanmiddag nog een keer spreken, direct na school... Nee, hier op het bureau... Dat gaat je niets aan...' Ze legde haar hand even op het spreekgedeelte en zei: 'Dit geloof je toch niet,' tegen Tom. 'Om half vier ben je uit. Dan kun je om uiterlijk vier uur hier zijn. Ja, ik verheug me er ook erg op.' Met een kwaad gezicht verbrak ze de verbinding.

'Les één,' zei Tom droog. 'Trek je nooit iets persoonlijk aan, betrek dingen die je meemaakt niet op jezelf.'

'Hij wilde ergens anders met me afspreken, het liefst vanavond, als ik dat goed vond. Hij viel wel op een vrouwtje als ik. Hoe oud ik eigenlijk was? Dat is toch niet te geloven, Tom. Wat een macho. Je had het toontje moeten horen waarop hij sprak.'

'Les twee: Laat je nooit gaan,' vervolgde Tom. 'Om vier uur is hij hier? Ik zorg dat ik terug ben, dan kan ik je begeleiden,' plaagde hij.

'Denk je heus dat ik zo'n lefgozertje niet aankan? Ik maak hem af als het moet.'

'Daarom wil ik erbij zijn. Je krijgt dan namelijk niets meer uit hem, terwijl hij vermoedelijk veel te vertellen heeft, over die drugs op school bijvoorbeeld.'

'Slijmen dus, dat werkt beter?' vroeg Joke sarcastisch.

'Beslist. Niet jezelf zijn, Joke, maar een rol spelen, een masker opzetten. Pas laten merken hoe je werkelijk over hem denkt als hij je heeft verteld wat je horen wilt.'

'Makkelijk gezegd.'

'Je kunt het. Jij stelt de vragen, ik luister en stel alleen aanvullende vragen als je iets vergeet.'

'Of als hij me aftroeft zeker. Denk maar niet dat ik dat laat gebeuren, Tom.'

'Ik heb er alle vertrouwen in.' Hij stond op en liep naar de kapstok om zijn colbert aan te trekken. 'Tot straks, en lees het handboek rechercheurs nog eens door, hoofdstuk "Afstand nemen",' zei hij grijnzend.

'Ach barst! Als het niet om zo'n ernstige zaak ging, zou ik er nog om kunnen lachen, maar nu...'

'Wat zie ik daar dan op je gezicht?' En weg was hij.

Ze betrapte zich erop dat ze inderdaad een glimlach op haar gezicht had.

'Mijn moeder heeft me ziek gemeld. Waarom zou ik naar de les gaan? Mijn hoofd staat er echt niet naar,' zei June.

De eerste bel was gegaan. Langzaam begon de kantine leeg te stromen. Stoelen werden achterover gekieperd, nog meer afval belandde op de vloer.

'Zullen we samen bij Cindy's ouders langsgaan?'

'Krijg ik dan geen problemen?'

'Ach joh, doe niet zo moeilijk. Ze gaan nu echt niet naar je ouders bellen om te zeggen dat je spijbelt, hoor. Iedereen snapt toch dat jouw hoofd ook niet naar wiskunde en geschiedenis staat?'

Linda keek haar aarzelend aan. June voelde medelijden met haar vriendin. Ze hing liever een paar uur zinloos in een schoolbank dan het risico te nemen dat haar vader te horen kreeg dat ze zonder zijn toestemming de lessen had verzuimd.

'Goed. Ik ga met je mee. Laten we dan meteen gaan. Nu vallen we niet op. Als straks iedereen binnen is, wil de conciërge weten waar we heen gaan.'

Achter een groep bovenbouwers liepen ze de kantine uit. Het leek wel of iedereen wist wie ze waren. Zelfs leerlingen uit de examenklassen, die meestal weinig belangstelling voor meisjes uit de derde hadden, bekeken hen nieuwsgierig.

Het kostte wat moeite om tegen de stroom in door de gang de uitgang te bereiken. Net voor de tweede bel klonk glipten ze naar buiten en staken schuin het plein over naar de fietsenstalling.

'Als ik hier maar geen gedonder mee krijg,' begon Linda weer toen ze bij hun fietsen waren.

'Ik zou me maar druk maken over andere dingen, over wat Ronaldo van ons wil bijvoorbeeld.'

'Hè? Waar komt die zo snel vandaan?'

Het leek wel of hij hen had achtervolgd. Ronaldo had zijn scooter voor de uitgang van de fietsenstalling gezet. Hij zat hen met onverholen dreiging op te nemen.

June voelde zich kwaad worden. Ze konden er zo niet eens langs. Wat verbeeldde die gast zich wel? Ze liep met haar fiets aan de hand naar hem toe.

'Kom je soms afrekenen, Ron?' zei ze treiterig. 'Drieëndertig eurootjes graag. Hebben we echt verdiend.' Inwendig grinnikte ze, omdat Linda haar bewonderend stond op te nemen. Die was veel te schijterig.

'Reken maar van yes,' antwoordde Ronaldo. 'Als je je bek open hebt gedaan tegen die smeris... Zeg op, wat heb je haar al verteld?'

'Moet je niet naar les, Ronnie? Je mag vast niet spijbelen van je mammie,' ging ze door.

Ronaldo vloekte, zette zijn scooter op de standaard en kwam zo snel op haar af dat ze geen kans zag om weg te duiken. Haar fiets viel toen hij haar vastgreep. Ze spuugde naar hem, zag kans om hem tegen een been te trappen. Opeens trok hij haar hoofd aan haar haren naar achteren. Ze hapte naar adem.

'Waag het niet om haar te helpen,' zei hij dreigend tegen Linda, die als aan de grond genageld stond toe te kijken. 'Dit is serieus, kutgriet. Als het misgaat, reken ik met jou af, snap je dat?' Om zijn woorden kracht bij te zetten trok hij haar hoofd verder naar achteren.

Ze kreunde, pakte zijn arm vast en probeerde hem weg te trekken.

'Zeg op. Wat hebben jullie allemaal verteld?'

'Waarover?' wist ze uit te brengen.

'Waarover?' herhaalde hij smalend. 'Vanochtend hebben smerissen op school onderzoek gedaan naar drugssporen. Ze hebben op tv een keer laten zien hoe dat gebeurt, dus ik wist meteen waar ze mee bezig waren. Zo'n onderzoek doen ze niet zomaar. Dat chickie dat voor rechercheur probeert te spelen wist al dat er drugs werden gebruikt bij onze keet.'

'Maar niet van mij,' zei June, die opnieuw een vergeefse poging deed om zich aan Ronaldo's greep te ontworstelen.

'Ze heeft er wel met je over gepraat. Wat heb je haar verteld?'

'Alleen dat Cindy wel eens iets slikte.'

'En toen wilde ze natuurlijk weten wie haar het spul heeft geleverd.'

'Ja, maar dat wist ik niet. Au, shit, laat me los, Ronaldo,' schreeuwde ze. 'Anders ga ik haar straks alsnog over je handeltje vertellen.'

Hij liet haar los en duwde haar van zich af. 'Je wist het echt niet, hè?' Hij draaide zich naar Linda om. 'Grote meid hoor, dat je niets tegen je vriendin hebt gezegd.' Hij keek opgelucht, kreeg weer iets van zijn oude bravoure terug. 'Weet je, dat leuke politie-agentje wil me na school weer spreken. Ik dacht dat het over mijn handel zou gaan. Niet dus, waarschijnlijk.'

'Nóg niet,' zei June met nadruk.

'Ik zou maar niet dapper gaan doen.' Zijn stem klonk weer dreigend. 'Als ik merk dat je liegt, en de smerissen pakken mij, dan zouden mijn vriendjes heel erg link kunnen worden. Ik hoef alleen maar te zeggen dat jij me hebt verraden en...' Hij maakte met zijn hand een gebaar langs zijn keel. Daarna haalde hij zijn scooter van de standaard, ging erop zitten en startte hem. Hij reed weg zonder nog iets te zeggen.

'Wat een rotzak. Dat we hem leuk hebben gevonden.' June keek hem vuil na. 'Hij vraagt er gewoon om dat ik Joke opbel.'

'Alsjeblieft, niet doen, June.' Linda's stem klonk bijna smekend. 'Een tijdje geleden stond hier een vriendje van Ronaldo met een grote vechthond. Iemand wilde zijn geld terug, omdat hij hem rotzooi had verkocht. Dat ging mooi niet door. Tegen zo'n vent begin je helemaal niets.'

'En toch heb je bij Ronaldo besteld?' June schudde ongelovig haar hoofd.

'Het kwam door Cindy. Zij kon zulke dingen gemakkelijk regelen, snap je?'

'Ik snap het, maar begrijpen doe ik het niet.' Ze lachte om het onnozele gezicht dat Linda trok. 'Kom, we gaan naar Cindy's ouders.'

Hoofdstuk 14

Tom was nog niet terug toen de agent die de balie bemande, opbelde met de mededeling dat er een jongeman bij hem stond die naar rechercheur Frederiks vroeg. Net kwart voor vier geweest, zag Joke op haar horloge. Die had haast!

'Parkeer hem maar ergens op een bankje. Zeg er maar bij dat ik het erg druk heb en dat het nog wel even kan duren,' zei ze. Na hem bedankt te hebben verbrak ze de verbinding en toetste een nummer in.

'Ha Jan, met Joke. Fijn dat je er bent. Je vertelde toch dat je gipsafdrukken hebt van bandensporen die vrijwel zeker van dezelfde scooter zijn? Beneden zit een knul die een scooter heeft en die vaak bij die keet kwam... Een van die comazuipers, ja... Hij komt zo naar mijn kamer. Zou je, als ik weet waar hij zijn scooter heeft neergezet, de banden kunnen vergelijken met jouw afdruk... Dat kan, oké. Wil je me alsjeblieft meteen bellen als je klaar bent... De timing zou wel eens heel belangrijk kunnen zijn. Ik wil er een reactie van die knul mee uitlokken, een beetje bluffen om eerlijk te zijn.' Op haar gezicht verscheen een grijns. 'Bedankt alvast, Jan. Ik vertel je later hoe het heeft uitgepakt.'

Ze zette het toestel in zijn houder en ging achter haar bureau zitten. Bijna vijf voor vier. Nog geen Tom. Wat haar betreft pakte ze Ronaldo alleen aan. Toch maar eerst met Tom overleggen. Ze belde zijn mobiele nummer en kreeg hem direct aan de lijn.

'Het loopt hier wat uit, Joke. Jan had gelijk met die hondenpoep actie. Hondeneigenaren hebben afgesproken hun honden bij die keet uit te laten. Van twee weet ik inmiddels dat ze sigaren roken, maar nooit op straat, is me verzekerd. Ze wisten me wel te vertellen wie tijdens zijn laatste rondje met zijn hondje wel op zo'n stinkstok liep te kauwen. Op zijn adres was helaas niemand thuis. Op vakantie, dacht een buurvrouw, maar dat wist ze niet zeker. Ik loop net bij haar weg.'

'Hoe laat denk je hier te zijn?'

Het bleef even stil. 'Over een minuut of twintig.'

'Bezwaar als ik dat joch alvast ga verhoren? Dan kun jij het daarna overnemen.'

Tom lachte. 'Je wilt hoe dan ook bewijzen dat je die knul aankunt, hè?'

Ze moest grijnzen. 'Oké, ik geef het toe.'

'Begin maar. Ik stap nu in mijn auto. Tot zo.'

Ze leunde achterover en vouwde haar handen in haar nek. Bijna vier uur. Laat hem nog maar even wachten. Nogmaals repeteerde ze de verhoortechniek die ze had uitgedacht. Niet agressief worden als hij probeerde te flirten of neerbuigend deed omdat ze vrouw was. Dan sloeg hij dicht. Ze moest hem pakken, zonodig wat slijmen. Bovendien kwam de klap achteraf dan harder aan. Met een resoluut gebaar pakte ze de telefoon en belde naar de balie.

'Wil je hem nu naar boven sturen? Nee, ik haal hem niet op. Laat hem de trap maar nemen. Ik wacht hem daar boven op.'

Ze verliet het kantoor en liep op haar gemak naar het trappenhuis. Onderweg zwaaide ze door de ruit naar een collega die opkeek van zijn werk. Het duurde lang voordat Ronaldo boven was. Het was hem niet meegevallen, zoals ze had gehoopt. Dat type knullen verplaatste zich per scooter en was niet bereid een stap meer te zetten dan nodig was. Zuipen, drugs en weinig lichaamsbeweging. Het resultaat na acht vrij steile trappen stond voor haar, hijgend en puffend, nog net geen rood hoofd.

'Dag Ronaldo.' Ze stak heel officieel haar hand naar hem uit. De zijne voelde klam aan. 'Niet zo'n beste conditie, hè?' vervolgde ze met een spottend lachje.

'Jullie hebben hier toch liften?' reageerde hij chagrijnig.

'Ja, sorry. Niet aan gedacht, omdat ik zelf altijd de trap neem. Ik had je wat sportiever ingeschat, eerlijk gezegd.'

'Ik ben laat naar bed gegaan, vannacht. Normaal gesproken zijn die trappen een eitje voor me,' klonk het stoer maar weinig overtuigend.

'Kom maar mee.' Ze liep naar het kantoor, ging zelf eerst naar binnen en wees hem op een stoel bij het zitje. Hij ging er nonchalant op zitten, de benen ver uit elkaar. Intussen probeerde hij zijn ademhaling onder controle te krijgen.

'Ben je op je scooter gekomen?'

'Ja. Is dat van belang?'

Ze haalde haar schouders op. 'Misschien. Wat heb je er voor een? En welke kleur heeft hij?'

Het eerste meewarige lachje verscheen op zijn gezicht. 'Vrouwen vinden dat het belangrijkste, hè? Het maakt mijn moeder geen barst uit welk merk auto mijn vader koopt, als hij maar de goede kleur heeft.'

'Ik vind zwart wel mooi, of heel donker blauw.'

Een brede grijns. 'En de bekleding?'

'Zwart leer voor een auto, grijs voor een scooter.'

'We hebben helemaal dezelfde smaak: zwart met een zitting van grijs leer, en zilveren strepen.'

'Klinkt goed. Een duur ding zeker?'

Hij knikte. 'Nogal.'

'Heb je hem veilig kunnen neerzetten buiten? Die dingen zijn erg populair. Als je niet oppast worden ze onder je kont vandaan gestolen.'

'Wat dacht je. Hij staat op het parkeerterrein achter dit gebouw.'

'Heel verstandig van je. Je mag me zo vertellen hoe je het voor elkaar hebt gekregen om zo'n scooter te betalen. Ik moet even telefoneren.'

Ze pakte de telefoon en ging zo staan dat ze zijn gezicht bleef zien. Zijn reactie wilde ze voor geen goud missen. Hij keek onbeschaamd terug; legde haar belangstelling ongetwijfeld op zijn eigen manier uit.

'Hallo Jan, met Joke... Dat weet ik nu, ja... Hij is zwart, met een grijze zitting. Je kunt hem niet missen. Hij heeft hem op ons parkeerterrein gezet... Ja, is goed. Ik hoor het zo van je.'

Op het moment dat ze zijn scooter beschreef, verscheen op Ronaldo's gezicht een verbaasde uitdrukking, die langzaam overging in achterdocht en irritatie.

'Waar slaat dit op?' vroeg hij.

'O, niets bijzonders, routine,' zei ze luchtig. 'We weten dat er scooters bij jullie keet hebben gereden, ook eentje kort voordat dat ding in de fik ging. Daar is een vers spoor van gevonden. Onze technische recherche heeft van een aantal van die bandensporen gipsafdrukken gemaakt. Jij zat vlak voor de brand in de disco, dus dat verse spoor kan niet van jou zijn. Zulke dingen moet je wel officieel vaststellen, weet je. Daarom gaat iemand je banden even vergelijken met die gipsafdruk. Dan ben je daar maar van af.' Ze haalde nonchalant haar schouders op. 'Dat scheelt je een hoop gezeur.'

Ze genoot van de veranderde uitdrukking op zijn gezicht, dat opeens onrust en bezorgdheid uitstraalde. Houd je in, Joke, hield ze zichzelf voor. Het gaat niet om een privétriomf, het gaat erom hem te laten praten, om informatie over Cindy uit hem los te krijgen.

'Hoezo gezeur?' Hij deed een mislukte poging om het luchtig te laten klinken.

'Dat snap je toch wel. We gaan ervan uit dat de persoon op die scooter de laatste was die Cindy heeft gezien, haar misschien wel heeft meegenomen. Er zaten namelijk twee mensen op dat ding, en hij reed heel voorzichtig, omdat Cindy er anders af kon vallen, in haar belabberde toestand, denken wij.'

'Shit! Je hebt me er mooi ingeluisd, hè?' Zijn gezicht vertrok van woede. 'Wat heb je er voor een? Welke kleur heeft hij?' deed hij haar na. 'Alleen om dat aan een andere smeris te kunnen doorgeven, zodat hij mijn banden kon gaan controleren.'

Ze zette haar meest onschuldige gezicht op. 'Om je te helpen, hoor. Je gaat me toch niet vertellen dat jij daar nog bent geweest, vlak voor de brand? Daar ben ik namelijk niet van uitgegaan.'

Hij wreef over zijn gezicht en staarde naar buiten. 'En als ik er wel geweest zou zijn?'

'Je bedoelt: als de technische recherche vaststelt dat ze bij de keet een afdruk hebben gemaakt van jouw scooterbanden?'

'Ja.'

De woede was weggeëbd. Hij zat opeens flink in de rats, zag ze. Die rotzak was daar wel degelijk geweest. Dat was een verrassing, en een meevaller zelfs, zeker als hij ging praten. Het lukte haar om verbazing en iets van medelijden te veinzen.

'Het spijt me voor je, maar dan ga je hiervandaan rechtstreeks de cel in, tenzij je een heel goede verklaring hebt. Je hebt natuurlijk het recht om te zwijgen. Dat betekent wel automatisch dat je hier blijft. We zullen je ouders dan moeten inlichten.'

Ze deed haar best om hem vriendelijk en uitnodigend aan te kijken. Hij maakte nu zelfs een aangeslagen indruk. Net toen hij zijn mond open wilde doen, rinkelde de telefoon. Ze stond op, pakte het toestel en ging ermee bij Ronaldo zitten.

'Zeg het maar, Jan.' Ze luisterde. 'Het verse spoor is van zijn scooter, geen twijfel over mogelijk. Bedankt, Jan.'

Ze hoefde niets te zeggen, alleen maar naar hem te kijken. Hij zakte steeds meer in elkaar.

'Oké.' Het klonk schor. 'Ik kan het niet meer ontkennen. Ik ben daar geweest, ja. Maar ik heb Cindy niet meegenomen.'

'Wie zat er dan bij je achterop?'

Hij perste zijn lippen op elkaar, keek weer uit het raam.

'Rafaëlla.' Er volgde een diepe zucht.

'En wie is dat? Je zult het me toch een keer moeten vertellen. Wie is Rafaëlla? En wat deden jullie daar?'

'Rafaëlla is min of meer de vriendin van Mike, snap je?'

'Nog niet, nee.'

'Carlo had Mike's broek onder gekotst. We zouden met z'n drieën naar de disco gaan, maar dat kon niet met die gore broek. Hij was straalbezopen, bijna net zo erg als Carlo. Hij is op zijn nest gaan liggen om zijn roes uit te slapen. Nou, toen heb ik Rafaëlla opgehaald. Ik viel al lang op haar, en zij op mij, meer dan op Mike, achteraf.'

'Maar het was wel de vriendin van je vriend.'

'Precies. Dat bedoel ik. Als we samen zouden gaan stappen en iedereen zou ons zien, zou Mike het de volgende dag te horen krijgen. Dat wilden we niet. Nou, in de keet konden we samen ook wel een leuk feestje bouwen, begrijp je? Veel leuker eigenlijk.'

Even lichtten zijn ogen op en er leek zowaar een lachje op zijn gezicht te gaan verschijnen.

'Jullie zijn dus samen naar de keet gereden. En toen?'

'Geen feestje. Cindy lag er, op de bank. Ze leek wel dood. We zijn ons rot geschrokken. We hebben haar heen en weer geschud, tegen haar wangen getikt, zulke dingen, omdat ze heel onregelmatig en zwaar ademhaalde. Gelukkig is ze toen bijgekomen. We hebben haar overeind gezet en cola laten drinken. Ze had vreselijke dorst, zei ze.'

'Praatte ze normaal?'

Niet echt, haperend, een paar woorden. Ze kon niet eens rechtop blijven zitten. Ze heeft een heel blikje cola leeggedronken en is daarna weer gaan liggen om verder te slapen. Wij zijn toen maar weggegaan. Helaas geen leuk feestje voor ons.' Hij trok er een spijtig gezicht bij.

'Waarom heb je dat niet meteen verteld?'

'Met Mike erbij zeker?' Hij keek haar oprecht verontwaardigd aan.

'Ik neem aan dat Rafaëlla je verhaal kan bevestigen?'

'Ik zweer het je. Wil je haar mobiele nummer hebben?' Hij haalde zijn gsm tevoorschijn en zocht het nummer in zijn adressenboek op. Terwijl hij ermee bezig was, ging de deur open en kwam Tom binnen.

'Goedemiddag. Hoe gaat het hier?' vroeg hij.

'Ronaldo is zo verstandig geweest om de waarheid te vertellen.' Joke kon het niet nalaten Tom triomfantelijk aan te kijken. 'Dit is rechercheur Speelman, Ronaldo. Hij leidt het onderzoek naar de verdwijning van Cindy.'

Tom knikte hem toe.

'Dit is dus onze scooterman,' vervolgde Joke. 'Hij is kort voor de brand nog bij de keet geweest, samen met een vriendin. Cindy was er toen nog. Ze hebben haar een beetje bij kunnen brengen en hebben haar cola laten drinken. Daarna zijn ze weggegaan om haar verder haar roes te laten uit slapen.'

'Heeft die vriendin zijn verhaal bevestigd?'

'Daar ben ik nog niet aan toe gekomen. Ronaldo zocht haar mobiele nummer net op toen jij binnenkwam.'

'Schrijf hier maar op, haar naam en adres, en telefoonnummer.' Tom scheurde een vel van een blocnote en gaf het met een pen aan Ronaldo. Die deed wat hem gevraagd werd.

'We zullen het checken. Toen jullie wegreden, Ronaldo, is je daar iets opgevallen?' vroeg Tom.

Ronaldo dacht na en knikte. 'Er stond een auto, met iemand erin, vlak bij het pad naar de keet. We zijn er twee keer langs gereden.'

'Zou je de bestuurder kunnen herkennen?'

'Ik heb zijn gezicht niet gezien. Rafaëlla misschien wel. Is dat belangrijk?'

'Zou kunnen. Weet je welk merk auto het was?'

'Ja. Een zwarte Golf, met sportvelgen en een dubbele uitlaat. Zulke dingen vallen mij op.'

'Is je nog iets anders opgevallen?'

Ronaldo trok een gezicht alsof hij diep nadacht. 'Nee, mij niet. Rafaëlla misschien wel.'

'We zullen het haar vragen. Heb jij nog iets, Joke?'

Tom bekeek Ronaldo niet onwelwillend, stelde ze vast. Hij had ook niet met zijn andere, onaangename kant te maken gehad.

'Ik zal er niet omheen draaien,' zei ze. 'We weten dat er bij de keet en ook bij jou op school regelmatig drugs worden gebruikt: wiet, XTC en cocaïne. Kun jij ons vertellen waar die rommel vandaan komt?'

Hij verkrampte op slag, had die vraag duidelijk niet verwacht.

'Daar kun je beter niets mee te maken hebben,' zei hij afwerend. 'Ik gebruik die troep niet.' Hij haalde zijn schouders op.

Joke wisselde snel een blik met Tom. Hij had de verandering bij Ronaldo ook geconstateerd, zag ze aan zijn gezicht. Diens poging om weer nonchalant over te komen was te geforceerd.

'Maar je ziet wel om je heen dat er drugs worden gebruikt, toch?' drong Joke aan.

'Natuurlijk. Maar dat moet iedereen voor zichzelf weten. Eigen verantwoordelijkheid. Mij gaat dat niets aan, dus ik let er niet zo op.'

'Wij weten ook dat op jullie schoolplein regelmatig wordt gedeald,' zei Tom, terwijl hij hem scherp opnam.

Ronaldo schoof onrustig op zijn stoel heen en weer, sloeg zijn benen over elkaar en zette zijn voeten weer op de grond.

'Heb jij daar wel eens iemand zien dealen?'

Hij schudde ontkennend zijn hoofd. 'Ik let niet op die dingen, zei ik toch?'

'Je kent die dealer dus niet?' vroeg Joke.

De vraag kwam zomaar bij haar op, een losse flodder, maar meteen raak, zag ze tot haar verrassing. Hij schrok, leek zich af te vragen wat ze wist.

'Nee,' klonk het kortaf. 'Ik dacht trouwens dat ik hier moest komen vanwege Cindy. Dit heeft er toch niets mee te maken?'

'O nee? Hoe weet je dat zo zeker?'

'Omdat... eh... Lijkt me logisch. Ze had te veel gezopen, geen drugs gebruikt, volgens mij.'

'Wij denken dat ze dat wel heeft gedaan. Daarom proberen we erachter te komen wie haar die drugs leverde,' hield Joke vol.

'En als jullie dat lukt?'

'Dan heeft die knul een groot probleem.' Tom hield Ronaldo's blik vast. 'Zeker als hij iets verzwijgt en daardoor het onderzoek belemmert.'

Ronaldo keek uit het raam, zijn kaken gespannen. Hij ging zijn hakken in het zand zetten, vreesde Joke.

'Willen jullie nog meer van me weten?'

Ze kreeg gelijk. Vragend keek ze naar Tom. Die schudde zijn hoofd.

'Op dit moment niet, Ronaldo. Ik ben blij dat je hebt verteld dat je samen met Rafaëlla Cindy in de caravan hebt gezien. Dat was in ieder geval eerlijk.'

Hij lachte schamper. 'Daar waren jullie toch wel achtergekomen. Mag ik nu gaan?'

'Ja. Voor de trappen moet je naar rechts, voor de lift naar links,' zei Joke met een ingehouden lach.

'Ik neem de trap wel. Doei.'

'Hoe heb je dat stiekeme bezoek aan de keet uit hem gekregen?' wilde Tom weten toen hij weg was.

'Bluf.'

Tom moest lachen toen ze het vertelde. 'Verse sporen van scooterbanden, nadat de brandweer daar alles had platgetrapt. Dat hij erin trapte. Hoe oud is hij eigenlijk?'

'Zeventien.'

'Dan lukt dat nog wel. Doorgewinterde criminelen lachen je uit als je zoiets probeert.'

'Mijn leermeester spreekt,' zei Joke lachend. 'Of ik dat zelf niet wist. Overigens wist Jan te melden dat hij er vrij zeker van was dat daar maar één scooter had rond gereden. Ronaldo had dan alsnog gehangen.'

'Punt voor jou. We moeten die Rafaëlla nog spreken, maar ik ga ervan uit dat hij de waarheid heeft gesproken. De scooterman kunnen we nu van ons lijstje schrappen. Dat betekent dus dat Romeo verdachte nummer één is.'

'We moeten op zoek naar een zwarte Golf met lichtmetalen velgen en een dubbele sportuitlaat.'

'Gekkenwerk,' zei Tom. 'Dat ding kan overal in Nederland rondrijden.' Hij keek op zijn horloge. 'Je hebt nog tijd genoeg om Rafaëlla te ondervragen.' Hij pakte een velletje papier van zijn bureau en gaf het aan Joke. 'Alsjeblieft, haar nummer. Je vriendje heeft het net voor je opgeschreven.'

Hoofdstuk 15

Linda zuchtte diep. Ze vermeed het om June aan te kijken. Die begon voor de zoveelste keer in haar theekopje te roeren.

'Cindy's verdwijning is heel hard aangekomen bij ons, en nu jullie hier zitten, komen er zo veel herinneringen naar boven.' Cindy's vader stond op, ging naast zijn vrouw staan en legde troostend een arm om haar schouder. Ze veegde met een zakdoekje haar tranen weg.

'Goed dat jullie zijn gekomen,' zei ze met verstikte stem.

Ze hadden natuurlijk, sinds hun enig kind was verdwenen, niet geslapen. Daardoor zagen ze er nog ouder uit dan ze al waren. Haar eigen vader was tweeënveertig, en die begreep al nauwelijks iets van haar, dacht Linda. Cindy's vader was twintig jaar ouder, een bejaarde bijna, en zo zag hij er ook uit. Een bijna kaal hoofd, met hier en daar een pluk grijs haar, een bril model middeleeuwen en kleding uit het stenen tijdperk. Cindy's moeder probeerde wel om er wat vlotter uit te zien, maar op dit moment zag ze er net zo wanhopig uit als haar man.

En dan hun woonkamer. Net een museum: een eikenhouten bankstel en kussens met een bloemmotief, twee grote leunstoelen met bruine ribstof, lijstjes aan de muur met vergeelde foto's erin, een enorm dressoir, waardoor de kamer nog kleiner leek en voor de ramen truttige vitrage in plaats van lamellen of rolgordijnen. Hoe kon Cindy hier leven? Logisch dat ze af en toe te veel dronk. Ze was hier wel vaker geweest, maar altijd meteen doorgelopen naar Cindy's kamer. Alsof ze een sprong in de tijd maakte.

'We begrijpen er nog steeds niets van,' zei Cindy's vader. 'Cindy is zo'n schat van een dochter. Ze geeft nooit problemen, en we gunnen haar echt alles. We vinden het zo fijn voor haar dat ze twee goede vriendinnen heeft en dat ze af en toe bij jou' – hij keek naar June – 'mag logeren. We schenken haar altijd ons vertrouwen en dat heeft ze tot nu toe nooit beschaamd.'

'Daarom kunnen we nauwelijks geloven wat de politie ons heeft verteld,' zei zijn vrouw met trillende stem. 'Cindy had te veel gedronken, net als een paar vrienden en vriendinnen, en misschien ook drugs gebruikt. Daar zijn jullie toch veel te nette meisjes voor.' Ze schudde ongelovig haar hoofd. 'Van Cindy hadden we zoiets nooit verwacht.'

'Ga je een keer in de fout, en dan overkomt je zoiets,' vervolgde haar vader bitter. 'Dit gun je geen enkele ouder. De onzekerheid en de machteloosheid knagen aan ons, vreten ons op, beter gezegd. Je hoort soms van die verhalen over meisjes die nooit terug worden gevonden.'

Zijn vrouw deed zichtbaar moeite om haar tranen binnen te houden. Arme mensen! Linda voelde intens medelijden met hen, niet alleen omdat hun dochter was verdwenen, maar ook omdat ze haar totaal niet bleken te kennen. Dat maakte het heel vreemd: zij en June praatten over een heel andere Cindy dan haar ouders.

'Je leest in de krant wel eens wat over indrinkketen, en jongeren die zich te buiten gaan aan drank,' zei haar moeder. 'Maar dat ging nooit over Cindy, dachten wij. En nu toch dit. Is ze eerder dronken geweest?'

'Eh... niet echt,' antwoordde June snel. 'We dronken wel eens wat op een feestje natuurlijk. Iedereen doet dat, dus...'

'En drugs?'

Linda keek snel de andere kant op. Die vraag mocht June ook beantwoorden.

'Daar moet je nooit aan beginnen.'

'Heel verstandig,' zei Cindy's moeder. 'Ik had niet anders van jullie verwacht.'

Junes mobieltje begon in haar broekzak een melodietje te spelen. Ze haalde het tevoorschijn en wierp een blik op het display.

'Wat is er?' vroeg Linda omdat haar vriendin verbijsterd naar haar telefoontje bleef kijken.

'Een berichtje,' mompelde June. Ze drukte op een toets om het te openen. Ze werd spierwit en keek haar aan met een blik alsof ze een geest had gezien.

'Wat is er nou?' drong Linda aan.

'Sorry. Ik moet even naar de wc.' June snelde de kamer uit, met een hand voor haar mond.

'Dat kind is niet lekker,' zei Cindy's moeder medelijdend. 'Jullie hebben het er ook moeilijk mee, hè? Als je eens wist hoe wij ons voelen, als ouders. Die vreselijke onzekerheid, en dan de vraag of we iets verkeerds hebben gedaan.'

Linda begon met haar vingers te spelen. Ze wist niet wat ze moest zeggen.

'Ga jezelf nou geen verwijten maken,' zei haar man.

'Dat zeg je steeds, maar toch... Misschien hadden we haar niet zo veel vrijheid moeten geven. Hoe is dat bij jou thuis, Linda? Mag jij ook zo laat thuiskomen, als je naar een feestje bent geweest?'

'Niet altijd,' antwoordde Linda wat bedremmeld. Ze had geen zin om te vertellen dat haar vader veel strenger was dan Cindy's ouders, veel te streng, volgens haar.

In de gang klonk het geluid van de wc die werd doorgetrokken. Even later kwam June weer binnen. Ze zag nog steeds erg bleek.

'We moesten maar weer eens gaan, Lin,' zei ze. 'We hebben nogal veel huiswerk voor morgen.'

Wat bazelde ze nou? Ze hadden voor morgen helemaal geen huiswerk. Toch maar niet op reageren, besloot Linda, en stond op.

'Cindy wordt vast snel gevonden. En dan komen we op visite om het te vieren,' zei ze troostend.

'Lief van je, kind.'

June bleef stug uit het raam kijken. Waarom gedroeg ze zich zo vreemd? Waarom zei ze Cindy's ouders zo snel gedag en maakte ze dat ze weg kwam?

'Je vriendin is al net zo van slag als mijn vrouw. Aardig dat jullie zijn gekomen. We zien elkaar binnenkort vast weer.' Hij begeleidde haar naar de voordeur en stak zijn hand op naar June, die haar fiets al van het slot had gehaald. Zo te zien popelde ze om ervandoor te gaan.

'Wat was er nou?' vroeg Linda toen ze naast elkaar de straat uit fietsten.

'Dat geloof je niet, een sms'je van Cindy, en een foto.'

'Wat? Waarom heb je dat dan niet tegen haar ouders gezegd?'

June keek over haar schouder en stopte toen langs de stoeprand. 'Had ik deze foto dan aan haar ouders moeten laten zien?' Ze haalde haar mobieltje tevoorschijn, klapte het open, haalde de foto op en liet hem met trillende hand zien.

Linda staarde ernaar en kneep in haar stuur. Een ijskoude hand leek over haar rug naar haar keel te glijden. Ze slikte. Haar benen werden slap.

Vanaf het schermpje keek Cindy haar aan, met wijd openge-
sperde ogen van angst. Ze leek het te willen uitschreeuwen, maar
kon dat niet omdat haar mond met een breed stuk tape was afge-
plakt. Zo te zien had ze de foto zelf gemaakt, met gestrekte arm,
zoals ze wel vaker een foto van zichzelf maakte, alleen of met
haar vriendinnen.

'Heb je al gelezen wat erbij staat?' De stem van June kwam van
ver.

'O nee.' *HELP!* stond er in hoofdletters, met een uitroepteken
erachter. 'Wat vreselijk, June. Wat moeten we doen?' zei ze, bijna
in paniek.

'Ik heb net op de wc naar Joke gebeld. Ze zei dat ik de foto met
de tekst onmiddellijk moest doorsturen naar haar mobiel.'

'Dat heb je dus al gedaan. Goed van je.'

'Ja. En we mogen er met niemand over praten, zei ze.'

'Heb je verteld dat we bij Cindy's ouders waren?'

'Natuurlijk. We mochten ook niets tegen hen zeggen. Dat konden we beter aan de politie over laten.'

'En verder?'

'Niets. We hoorden het wel als er nieuws was.' June stond voor-
overgebogen over haar stuur. 'Wat erg, Lin. Iemand houdt Cindy
gevangen, in een kelder misschien wel, net als die meisjes in Bel-
gië, een paar jaar geleden.'

'Niet aan denken,' zei Linda snel. Dat was voor een paar van die
meisjes verkeerd afgelopen, herinnerde ze zich. Zoiets ergs zou
Cindy toch niet overkomen? Nee, vast niet, dit liep goed af. Een
ding was in ieder geval zeker: Cindy leefde nog. Daar moesten ze
maar moed uit putten.

'Heb je zin om met mij mee naar huis te gaan?' stelde June
voor.

'Graag.'

'Ze heeft die opname zelf gemaakt,' zei Marco. 'Dat kun je zien
aan de hoek van de opname en de vertekening van haar gezicht.'

'Hoe bedoel je dat?' vroeg Joke.

Ze keek gespannen naar het beeldscherm. Marco had de foto
die June naar haar mobiel had gestuurd in de computer gezet,
vergroot en verscherpt. Cindy keek haar met doodsbange, wanho-
pige ogen aan. Het sneed haar door de ziel.

'Kijk eens naar wat er te zien is van de achtergrond. Die is scherper dan haar gezicht. Dat heb je nogal snel met zo'n fix-focuslensje.'

'Vind je het erg als ik je niet begrijp?'

'Zie je dat de kleine stukjes achtergrond er scherper op staan dan Cindy's gezicht?'

'Ja.'

'Die moeten zich tussen de anderhalve en vijf meter van de lens bevinden. Daar heeft het lensje van een mobiel het grootste bereik. Alles wat dichterbij of verder weg is, wordt waziger, afhankelijk van de hoeveelheid licht.'

'Dus?'

'Die foto is op armlengte gemaakt, door Cindy zelf, zoals ik al zei. Ze bevindt zich in een matig verlichte ruimte met muren van baksteen, kijk maar.' Hij vergrootte een deel van de foto. 'En dit...' Hij schoof en klikte met de muis. 'Lijkt me de uitlaat van een motor.' Hij klikte nog een keer met de muis. De foto werd nog verder uitvergroot. Marco liet hem langzaam over het scherm schuiven. 'Daar, een grote zak hondenvoer.'

Achter hen ging de deur open. 'Je hebt hem er al in staan,' zei Tom, die haastig binnenkwam. Hij ging naast Joke staan en keek naar het scherm. 'Wat een vreselijke foto. Arm kind. Maar ze leeft in elk geval nog. Kunnen we er iets mee, Marco?'

'Dat moet je zelf bepalen, Tom. Ik zei net tegen Joke dat Cindy de foto zelf heeft gemaakt, dat de ruimte waarin ze zit matig is verlicht en dat op de achtergrond een bakstenen muur te zien is, een grote zak hondenvoer en, volgens mij, de uitlaat van een motor.'

'Een garage dus,' concludeerde Tom.

'Een stenen loods, een schuur... Zelfs een kelder is mogelijk.'

'Heb je de peilgegevens al binnen?'

Marco knikte en gaf een vel papier aan Tom. 'We zijn het direct nagegaan toen Joke deze foto binnenkreeg. Cindy's mobieltje heeft ongeveer een kwartier aangestaan. Daarna is het uitgezet, of de batterij was leeg.'

'Waar?' vroeg Tom ongeduldig.

'In ieder geval in Noord-Holland, vlak bij of in een groot bungalowpark, in de buurt van Andijk.'

'Dat maakt het er niet makkelijker op,' zei Tom. 'We krijgen beslist geen groen licht om al die bungalows te doorzoeken alleen omdat deze foto vanuit die omgeving is verstuurd.'

'Er was ook een woord bij,' zei Joke. 'Help, met een uitroepteken. Ze heeft het zo te zien hartstikke benauwd. Kun je haar gezicht nog wat verder uitvergroten, Marco?'

Marco deed wat hem werd gevraagd.

'En nog wat scherper ook?'

'Moeilijk. Wat wil je zien?'

'Haar voorhoofd, haar neus en haar lippen.'

Het duurde even, maar toen verscheen een beeld waarop zelfs de poriën van de huid wazig te zien waren.

'Ze zweet,' zei Tom. 'Overal zijn zweetdruppeltjes te zien.'

'Niet alleen omdat ze doodsbang is. Ze heeft het vast en zeker Spaans benauwd met die afgeplakte mond. Degene die haar in zijn macht heeft, weet waarschijnlijk niet dat ze astmatisch is. Levensgevaarlijk! Vandaar die doodsangst in haar ogen.' Joke huiverde.

'Eén ding begrijp ik niet goed,' zei Tom. 'Ze had een hand vrij om die foto te maken. Daarmee kon ze dan ook de tape van haar mond trekken. Dat is voor haar van levensbelang. Waarom deed ze dat niet?'

'Omdat iemand haar dwong die foto te maken,' antwoordde Marco prompt. 'Iemand voor wie ze doodsbang was, iemand met een wapen wellicht?'

'Dan had die toch zelf een foto van haar kunnen maken?' zei Joke.

'Een machtswellusteling, die zijn visitekaartje wil afgeven?' opperde Marco.

'Een egotripper ook,' zei Tom. 'Iemand die ons wil uitdagen, zo van: ik heb Cindy in mijn macht en jullie maken me niets.'

'Niet zo slim dan om dat mobieltje een kwartier aan te laten staan,' zei Marco. 'We komen zo wel dichter bij hem in de buurt.'

'Of juist wel slim.' Joke trok een nadenkend gezicht. 'Stel nou dat ik dat meisje had ontvoerd en de politie op het verkeerde been wilde zetten. Dan maakte ik zo'n foto, reed met mijn auto naar een bungalowpark ergens in Nederland, verstuurde daarvandaan de foto, dronk nog wat in een restaurant, zette daarna het mobieltje weer uit en reed terug naar de plek waar ik haar had opgesloten. Intussen lachte ik me rot omdat ik de politie naar de verkeerde plek had gestuurd.'

Tom knikte waarderend. 'Zou kunnen, Joke. We moeten er vanuit gaan dat hij weet dat een mobieltje dat aanstaat getraceerd kan worden. We hebben dan te maken met een dader die een spelletje met ons speelt, omdat hij ervan overtuigd is dat we hem niet te pakken krijgen.'

'Een psychopaat dus, die tot alles in staat is,' vulde Marco aan. 'Arm kind.' Hij zette de oorspronkelijke foto weer in het beeldscherm.

'Of,' vervolgde Joke. 'Hij vindt dat we te dichtbij komen en stuurt ons daarom een heel andere kant op. Dan is hij nog steeds slim en berekenend, maar is er geen sprake van dat hij ons uitdaagt. Integendeel.'

'Hij begint hem te knijpen, bedoel je?' zei Marco.

'Precies.'

'Hoe dan ook: een uitgebreide zoekactie in en rond dat bungalowpark levert misschien niets op,' stelde Tom vast. 'In elk geval moeten we er iemand heen sturen met de foto van Romeo. Als iemand hem herkent, weten we zeker dat hij de ontvoerder is en kunnen we alle kaarten op hem zetten. Nu moeten we ook andere mogelijkheden open houden.'

'Wat doen we met deze foto?' vroeg Marco. 'Wil je ermee naar buiten treden?'

'Dat lijkt me geen goed idee. Denk eens aan de emoties die dat zal oproepen, bij haar ouders, bij haar vriendinnen en haar klasgenoten. En wat bereiken we ermee?'

'Ik heb June op het hart gedrukt dat ze met niemand over die foto praat,' zei Joke. 'Ook niet met Cindy's ouders, anders krijgt zij hun reactie over zich heen. Wij zullen die mensen wel op de hoogte moeten stellen.'

'Houdt dat meisje zich aan die afspraak, denk je?' vroeg Tom.

'Daar ga ik wel van uit. Wil jij het op je nemen, Tom, om het die ouders te vertellen?'

'Geen leuke klus,' bromde Tom. 'Vanavond meteen maar, dan kan ik gelijk kijken of de sigarenrokende hondeneigenaar thuis is. Wie weet wat hij nog heeft gezien.'

'En ik probeer Rafaëlla te spreken te krijgen,' zei Joke. 'Hopelijk heeft zij meer gezien dan Ronaldo.'

'Hopelijk, ja. Een goed woord in deze situatie, net als "misschien" en "waarschijnlijk". Ergens moet toch iets uit komen, anders lopen we vast.'

Joke keek weer naar het beeldscherm. Cindy's doodsbange ogen grepen haar aan, meer dan ze zou willen. Het leek bijna of ze haar kreet om hulp hoorde! Afstand houden, Joke, zou Tom zeggen. Makkelijker gezegd dan gedaan, als je met zo'n indringende foto werd geconfronteerd.

Hoofdstuk 16

Rafaëlla had een licht getinte huid, donker, krullend haar dat ver over haar schouders hing en opvallend grote, amandelvormige ogen. Ze droeg een korte broek met laarsjes eronder en een sexy hemdje. Haar leeftijd was moeilijk te schatten, vond Joke. Er waren meisjes van dertien die zich zo konden kleden en opmaken dat ze voor zestien, zeventien konden doorgaan, en daar vond ze Rafaëlla precies het typetje voor. Ze had haar thuis willen opzoeken, maar Rafaëlla wilde dat per se niet. Haar ouders hoefden niet te weten waar ze vrijdagavond was geweest. Als iemand van de politie haar daarover vragen kwam stellen, lukte het niet meer dat voor zich te houden. Joke had geantwoord dat ze het begreep, vooral om het meisje niet kopschuw te maken. Op Rafaëlla's verzoek hadden ze afgesproken in de wachtruime van het station. Daar liep ze om deze tijd niet het risico dat vrienden of bekenden haar met iemand van de politie zagen praten, zei ze. Het gaf Joke een onbehaaglijk gevoel. Zouden die vrienden of bekenden daar dan bezwaar tegen hebben? Zouden ze bang zijn dat ze iets verklapte wat de politie niet mocht weten? Of geneerde ze zich gewoon om gezien te worden met iemand die een uniform droeg, want daar ging ze natuurlijk van uit. Ze had dan ook heel verrast gekeken toen er een jonge, blonde vrouw in spijkerbroek en T-shirt op haar was afgekomen en haar legitimatie had getoond. Nu zat ze slecht op haar gemak tegenover haar, op een wiebelende stoel, met tussen hen in een metalen tafeltje, waarop kruimels lagen en een leeg koffiebekertje stond.

'Wil je wat drinken?' vroeg Joke terwijl ze de kruimels van tafel veegde en de beker op een ander tafeltje zette. Ze knikte naar de automaten met frisdrank en koffie.

'Nee, dank je.'

Het klonk wantrouwig. Onrustig keek Rafaëlla naar twee mannen die luid pratend binnenkwamen en bij een tafeltje in een hoek ging zitten. Buiten rolde een trein het station binnen, die bij het perron voor de wachtruimte piepend tot stilstand kwam.

'Ken je Ronaldo al lang?' probeerde Joke het gesprek op gang te krijgen.

Op Rafaëlla's gezicht verscheen iets dat op een glimlach leek. 'Sinds ik Mike ken, nog niet zo lang dus.'

'Wel een stuk, hè?' Joke glimlachte ook. 'Ik kan me voorstellen dat je op hem valt.'

Opnieuw een wantrouwige blik. 'Wil je me dingen over Ronaldo vragen?'

'Dat was niet mijn bedoeling. Ik wil alleen controleren of het waar is wat hij ons heeft verteld.'

'Dat we Cindy in die keet hebben gevonden, bedoel je?'

'Ja. Je hebt er al met hem over gepraat?'

'Hij heeft me opgebeld. Het is echt waar, hoor, dat we haar daar hebben gevonden. Ik schrok me rot toen ik haar zag liggen. Ze is dood, dacht ik eerst.'

'Jullie hebben haar een beetje bij kunnen brengen, vertelde Ronaldo.'

'Ja.'

'Maar jullie zijn snel weer weggegaan.'

'Pas toen we zeker wisten dat het goed met haar ging. Ze had dorst, zei ze en heeft een heel blikje cola leeggedronken. Ze kon maar net overeind komen en blijven zitten lukte nauwelijks. Toen we weggingen lag ze volgens mij alweer te pitten.'

'Had ze met jullie mee kunnen lopen, als jullie haar hadden ondersteund?'

'Dat denk ik wel, al was het wel een zware klus geworden.' Ze grinnikte. 'Cindy heeft geen maatje 34, snap je?'

'Ze heeft inderdaad een heel ander figuur dan jij,' zei Joke. Een beetje slijmen als het moest, had Tom gezegd. Rafaëlla leek er zowaar wat door te ontdooien. Een ijdel typetje. Dat moest ze uitbuiten.

'Niet een meisje waar Ronaldo op zou vallen?'

'Ronaldo niet, maar veel andere jongens wel. Ze is nogal... eh... makkelijk, dat weet iedereen. En ze heeft grote tieten, daar zijn jongens gek op,' schamperde ze.

Ze vond het de gewoonste zaak van de wereld om zo over Cindy te denken en te praten. 'Jij bent niet zoals zij, begrijp ik. Dat daagt jongens uit, maakt het spannender voor ze.' Ze glimlachte ontwapenend. Vrouwen onder elkaar. Het leek te werken. Rafaëlla bekeek haar althans met minder achterdocht.

'Goed,' vervolgde ze. 'Jullie hebben vlak bij het pad dat naar de keet liep een auto zien staan met iemand erin. Twee keer zelfs, volgens Ronaldo.'

'Klopt. Die vent heeft daar een hele tijd gestaan.'

'Dat hebben meer mensen verklaard. Heb je iets bijzonders aan die auto gezien?'

'Nee. Ik weet alleen nog dat hij zwart was, of heel donkerblauw.'

'Jij hebt meer tijd gehad om om je heen te kijken dan Ronaldo. Is je nog iets anders opgevallen?'

'Eh... ja. Verder weg, in het donkere deel, liep iemand met een hond, een grote hond, een herder of zoiets. Ik ben doodsbang voor honden, dus ik zie het meteen als zo'n beest los loopt.'

Opeens voelde Joke iets van spanning opkomen. Dit was nieuw. Een man met een hond, in het donkere deel.

'Wat bedoel je precies met het donkere deel?'

'Nou...' Rafaëlla keek haar verwonderd aan. 'Tot aan het pad staan er lantaarnpalen. Dus bij de keet is er nog wel licht, maar daarachter wordt het steeds donkerder. Dat wordt bouwterrein, maar nu is het leeg. Daar liep dus iemand, met een grote hond. Mensen laten vaak hun hond in de buurt van de keet uit. Dat doen ze expres.' Ze trok een vies gezicht. 'Zo'n man wil natuurlijk niet gezien worden door iemand van ons, omdat hij dan te grazen wordt genomen. Ik denk dat hij snel is weggegaan toen hij ons zag aankomen. Ik heb hem niet duidelijk gezien, hoor.'

'Wat zei Ronaldo ervan?'

Ze haalde haar schouders op. 'Niks. Is dat dan van belang?'

'Misschien. Jammer dat je hem niet beter hebt kunnen bekijken. Nog één ding, Rafaëlla.' Ze wachtte even, zocht de ogen van het meisje en hield ze vast.

'Er werden bij die keet drugs gebruikt, is ons verteld. Heb jij daar ooit iets van gemerkt?'

Rafaëlla keek snel weg. 'Ik kwam er niet zo vaak, een paar keer met Mike. Ik heb er nooit iets van gemerkt.' Ze wriemelde zenuwachtig met haar vingers.

'Ook niets over gehoord?'

'Nee. Waarom wil je dat weten?'

'Cindy zou contact kunnen opnemen met degene die haar drugs leverde. We sluiten niet uit dat ze verslaafd was.'

'O.' Rafaëlla keek haar weer aan. Haar grote ogen leken onschuldig. 'Dat zou rot voor haar zijn.'

'Dat kun je wel zeggen, ja. Hoe dan ook, je hebt ons goed geholpen. Dank je wel.'

'Zijn we al klaar?'

Het leek wel of ze er verbaasd over was. 'Tenzij jij nog iets wilt vertellen.'

'Nee hoor. Nou tot ziens dan maar.' Ze stond op. 'Als je nog eens iets wilt vragen, bel je me maar.' Heupwiegend liep ze naar de uitgang, zich duidelijk bewust van de twee mannen die haar met hun ogen volgden.

'Hoi Geisha's. Jullie zijn mijn favoriete webcam girls, wist je dat?'

Romeo grijnsde breed in de webcam.

'Had niet verwacht jullie zo snel weer samen te zien.'

'Wat een slijmbal,' zei June. 'Als Joke niet had gevraagd om te proberen een afspraakje met hem te regelen, had ik hem allang geblockt.'

Ze keek lachend in de camera. 'Vrolijk blijven kijken, Lin. Hij moet denken dat we hem nog steeds leuk vinden.'

'We kunnen heel verrassend zijn,' typte ze.

'Gaan jullie me verrassen? Ik krijg het nu al warm. Is Lollypop al terecht?'

'Was het maar waar.'

'Niet? Hoe kan dat nou? Kan ze niet zijn weggelopen met een vriendje?'

'Waarom denk je dat? Ze had toch met jou afgesproken?'

'Moet je z'n gezicht zien,' zei Linda. 'Wat een toneelspeler. Alsof hij opeens diepbedroefd is.'

*'Dat wel ja. Maar ze is niet met **mij** meegegaan.'*

'Hè?' June keek haar vriendin opgewonden aan. 'Kijk eens naar "mij", vet en met een accent op de i. Zou dat betekenen dat hij meer weet dan hij laat merken?'

'Vraag het hem.'

'Met wie dan wel?' typte June.

'Met een vriend.'

Hij schudde verontwaardigd zijn hoofd en keek recht in de webcam.

'Romeo kon barsten, dacht ik nog. Zo'n lekker ding als Lollypop kan iedereen krijgen, toch?'

'Je doet of je meer hebt gezien dan die scooter.'

Hij keek bedenkelijk, begon toen resoluut iets te typen.

'De politie denkt dat ik haar heb meegenomen, hè?'

June keek Linda vragend aan.

'Niet te lang aarzelen,' zei ze. 'Hij heeft ons zo door.'

'Wij weten niet wat de politie denkt.'

Hij grijnsde toen hij het antwoord las.

'Slim, Geisha's. Wat denken jullie? Dat ik haar ergens heb verstopt en lekker voor mezelf houd?'

'Zou best kunnen,' typte June impulsief.

'Welnee. Lollypop doet zo ook al wild genoeg, voor jullie webcam bijvoorbeeld.

'Smeerlap,' zei Linda kwaad.

'Niet laten merken wat je van hem vindt,' drong June aan. 'Vrolijk kijken!'

'Je wilt haar toch ook terugzien. Vertel het dan als je iets weet.'

'Zodat jullie het aan de politie kunnen doorgeven?'

'Logisch toch?'

'Romeo die de politie te hulp schiet. Geloof je het zelf?'

'Het gaat om Lollypop, hoor. Niet om die smerissen.'

Hij deed of hij diep nadacht, deed dat misschien ook wel.

'Oké. Ik wilde net weggaan toen ik in mijn achteruitkijkspiegel een auto aan zag komen rijden. Hij stopte een eind achter me en deed zijn lichten uit.'

'Dat is nieuw,' zei June opgewonden.

'Als het tenminste waar is.' Linda trok haar wenkbrauwen op. 'Probeer eens wat meer uit hem te krijgen.'

'Waarschijnlijk parkeerde iemand daar gewoon zijn auto.'

'Dan was hij wel uitgestapt. Toen ik later weg reed, ging hij op mijn plek staan.'

Hij keek in de webcam en trok een gezicht van: dat hadden jullie niet gedacht, hè?

'Misschien nog iemand die een afspraakje had met Lollypop en een blauwtje komt lopen, dacht ik. Zijn jullie nu tevreden?'

'Wie weet kan de politie er iets mee.'

'Doe ze de groeten maar van Romeo.'

'Wat mij betreft gaat hij ze zelf gedag zeggen,' zei June tegen Linda. 'Ben benieuwd hoe hij hier op reageert.'

'Zullen we nog een keer ergens afspreken?' tikte ze.

Romeo grijnsde en stak zijn middelvinger op.

'Leuk bedacht van die smerissen. Had niet van jullie gedacht dat jullie me in de val zouden willen lokken.'

'Shit!' zei Linda.

'Hij heeft iets te verbergen, anders zei hij dat niet.' June typte alweer iets.

'Zo zijn wij niet, hoor.'

'Toch maar niet. Als Lollypop weer terug is. See you, Geisha's.'

Het beeld viel weg.

'Wat een gladjanus,' zei Linda met walging in haar stem. 'Dat we ons hebben laten overhalen om...'

'Niet meer over praten,' onderbrak June haar. 'En zo snel mogelijk vergeten. We wisten niet goed wat we deden. Houdt het daar maar op.'

Linda slaakte een diepe zucht. 'Geen drugs meer en niet meer zo veel drank. Dit gebeurt ons niet nog een keer, June.'

'We worden nog verstandig.' Ze haalde haar mobieltje tevoorschijn. 'Even Joke bellen. Dat van die auto kan belangrijk zijn.'

Hoofdstuk 17

'Ze is nu al meer dan tachtig uur zoek, en nog geen enkel spoor van haar,' zei Tom hoofdschuddend. 'Lichtpuntjes zijn dat we goede hoop hebben dat ze nog leeft en dat er nieuwe getuigenverklaringen zijn waar we mee aan de slag kunnen.'

Ze zaten weer met de hele ploeg in de vergaderruimte, de mensen van de technische recherche, van de surveillancedienst en deze keer ook inspecteur Hoogland. Hij was op een stoel op de voorste rij gaan zitten, vlak voor de standaard met het viltstiftbord, waarnaast Tom plaats had genomen. Ondanks de aanwezigheid van zijn directe baas was hij minder gespannen dan de vorige keer, stelde Joke vast.

'Op grond van wat we nu weten valt de volgende situatieschets te maken,' vervolgde Tom. Met een zwarte viltstift tekende hij een straat op het bord, die in een U-vorm rond een blokje huizen boog. Tegenover de huizen, aan de overkant van de straat, een vierkantje, dat de keet moest voorstellen, met vanaf de straat een dunne streep ernaartoe. Hij zette een A en een R op de straat bij het streepje dat naar de keet liep. 'Hier heeft Romeo in zijn auto naar de keet zitten kijken, vanaf ongeveer kwart over tien tot even na elf uur. Dat is door meerdere getuigen bevestigd.' Hij noteerde de tijd onder AR. 'Op het braakliggende terrein hier zou een man met zijn hond in het donker hebben gelopen, rond kwart voor elf.' Hij zette een M en een H rechts boven de keet. 'Dat is verklaard door Rafaëlla, de vriendin met wie Ronaldo op zijn scooter naar de keet reed, ook rond kwart voor elf.' Hij zette twee R's met de tijd naast de keet. 'Ongeveer een kwartier later, Ronaldo en Rafaëlla waren toen al vertrokken, zag een man vanuit zijn huis' – hij tekende een sterretje in een van de huizenblokjes – 'twee personen vanuit de keet naar Romeo's auto lopen. 'Hij noteerde twee O's met de tijd in de schets. 'En nu komt de nieuwste verklaring van Romeo, ge-msn'd naar Cindy's vriendinnen. Hij heeft in zijn achteruitkijkspiegel een auto gezien die, toen hij was weggereden, op zijn plek ging staan.' Tom noteerde onder de AR de letters AO.

'Dat hoeft natuurlijk niet waar te zijn,' merkte Hoogland op. 'Romeo kan dat hebben verzonnen om zijn eigen straatje schoon te vegen.'

'Best mogelijk,' gaf Tom toe. Hij plaatste een vraagteken achter AO. 'Ik ga proberen dat te achterhalen.'

'Als het wel waar is, dan is het niet uitgesloten dat de bestuurder van die auto Cindy uit de keet heeft meegenomen, en niet Romeo,' zei Joke.

'Dat moet dan iemand zijn geweest die wist dat Cindy daar was,' stelde Youssef vast. 'Romeo had met haar afgesproken, hij wist waar hij haar kon vinden. Was iemand anders daar ook van op de hoogte? Erg toevallig, lijkt me.'

'Zou ze in staat zijn geweest om iemand met haar mobiel te bellen en te vragen om haar te komen ophalen?' vroeg Mireille zich hardop af.

'Volgens de verklaring van zowel Ronaldo als Rafaëlla kon ze niet eens rechtop zitten en kwamen er niet veel zinnige woorden uit,' antwoordde Tom. 'Ze zou weer in slaap zijn gevallen.'

'Niet aannemelijk dus,' concludeerde Mireille. 'Een onbekende die toevallig langskomt en haar meeneemt, lijkt me ook uitgesloten. Maar wie dan?'

'Ben je nog wat opgeschoten met die sigarenpeuk, Tom?' vroeg Jan Witsen.

'Niet veel. Ik ben gistermiddag nog een keer naar het huis van de sigarenroker gegaan. Zijn buurvrouw dacht dat hij en zijn vrouw op vakantie waren. Ik ben even om het huis heengelopen omdat er toch niemand was.'

'Een van die oude huizen soms, die binnen een paar jaar tegen de grond gaan omdat daar nieuwbouw komt?' vroeg Youssef.

'Klopt. Toen ik achterom was gelopen en op een ruitje tikte om te kijken of er iemand reageerde, begon er een hond te blaffen. Dat vond ik wel vreemd. Je laat je hond toch niet in huis achter als je op vakantie gaat?'

'Misschien komt iemand hem een paar keer per dag uitlaten,' opperde Joke.

'Zou kunnen. Maar ik wil dat wel bevestigd hebben. Voorlopig is de bewoner de enige hondeneigenaar die op straat sigaren rookt, volgens mede-uitlaters dan.'

'Heeft het onderzoek bij dat bungalowpark nog iets opgeleverd?' wilde Hoogland weten.

Tom keek vragend naar Mireille en Youssef.

'Helemaal niets,' antwoordde de laatste. 'Nogal wat mensen daar hebben de foto van Romeo bekeken. Niemand die hem herkende.'

'Een redelijke kans dus dat hij daar niet is geweest,' stelde Hoogland nuchter vast.

'Of er alleen met zijn auto naartoe is gereden en daarvandaan het sms'je met Cindy's foto heeft verstuurd, om ons op een dwaalspoor te zetten,' zei Joke.

Hoogland knikte goedkeurend. 'Heel goed mogelijk. Daarom is een huis-aan-huisonderzoek in dat bungalowpark ook nog niet aan de orde. Voorlopig houden we stil voor de pers dat we een foto van dat meisje hebben gekregen. Het leidt alleen maar tot onrust en voedt de sensatiezucht. Dat is het laatste wat we nu moeten hebben. Bovendien kan de dader gaan denken dat de foto niet is aangekomen en hem wellicht nog een keer versturen. Heb je er trouwens enig idee van waarom hij die foto naar June heeft verstuurd en niet naar haar ouders?'

'Ik betwijfel of Cindy's ouders een gsm hebben,' antwoordde Tom. 'June is waarschijnlijk haar beste vriendin. Ze logeerde regelmatig bij haar.'

'Maar hoe weet die dader dat?' hield Hoogland vol.

Tom haalde zijn schouders op. 'Ze keek doodsbang op die foto, vertelt hem waarschijnlijk alles wat hij weten wil.'

Hoogland knikte. 'Heb je al meer informatie over haar medicijngebruik en het risico dat ze loopt als haar medicijnen op zijn?'

'Ik heb contact opgenomen met haar huisarts en haar apotheker,' klonk een bedeesde stem.

Joke keek achterom. Sander. Hij keek ongemakkelijk. Zijn eerste belangrijke opdracht, bedacht ze. Inwendig grinnikte ze. Zij had ook staan schutteren toen ze verslag moest uitbrengen van haar eerste onderzoek, naar de eigenaar van een pompstation die alcohol verkocht aan minderjarigen, terwijl hij niet eens een vergunning bleek te hebben.

'Ja, en?' vroeg Hoogland.

'Ze... eh... Hoe zeg ik dat? Na een paar dagen zonder medicijnen gaat ze heftiger reageren op allergenen,' kreeg hij er toch uit.

'Dokterstaal,' zei Hoogland. 'En nu de vertaling. Krijgt ze het iedere dag benauwder?'

'Dat zou kunnen, volgens de arts. Op de foto was een zak hondenvoer te zien. Als er inderdaad een hond in de buurt is, kan ze daar sterk op reageren. Ook als ze in een vochtige omgeving zit, een kelder bijvoorbeeld. Het probleem is dat het medicijn dat ze moet inhaleren als ze het benauwd heeft, nu wel op zal zijn.'

'Lijkt me moeilijk inhaleren, met een stuk plakband op je mond,' zei Mireille. 'Arm kind. Ze keek zo angstig op die foto.'

'Had de arts het over levensgevaar?' wilde Hoogland nog weten.

'Niet meteen. Ernstige benauwdheid kan echter wel lichamelijke schade veroorzaken.'

'Goed uitgezocht, Sander,' zei Tom prijzend. Daarna zuchtte hij. 'De noodzaak om haar snel te vinden wordt er alleen maar groter door.'

'Welke acties staan er nog op het programma?' vroeg Hoogland.

'Het verhaal over die tweede auto moet gecheckt worden,' zei Tom. 'Uitzoeken wie de hond van de vakantiegangers uitlaat, blijven zoeken naar Romeo, ook op internet' – hij keek naar Marco, die bevestigend knikte – 'en alert blijven op nieuwe sms'jes of telefoontjes van Cindy. Daarnaast is het onderzoek naar drugsgebruik en een drugsdealer op haar school uitgebreid. Heeft iemand nog suggesties?'

'Die jongen, Ronaldo, weet volgens mij meer dan hij tot nu toe heeft losgelaten,' zei Joke.

'Je hebt anders behoorlijk wat uit hem losgekregen,' zei Tom.

'Maar niet alles. Misschien dat iemand anders hem nog een keer kan aanpakken, hem flink onder druk kan zetten. Volgens mij is hij daar best gevoelig voor.'

'Goed idee. Dat ga ik zelf doen,' zei Tom grijnzend. 'En wat mij betreft ben jij daar bij aanwezig.'

Joke trok een gekke bek naar hem. Hij zei er niet bij waarom hij haar erbij wilde hebben, maar dat kon ze wel raden. In haar aanwezigheid voelde Ronaldo er niets voor om zijn gezicht te verliezen. Dat maakte hem kwetsbaar, al had hij dat zelf uiteraard niet door.

Hoogland stond op. 'Succes allemaal! En laat me onmiddellijk weten als je iets hebt waarmee we de pers tevreden kunnen stellen.'

Hoofdstuk 18

June geeuwde. Ze had de grootste moeite om, na drie doorwaakte nachten, haar ogen open te houden. Hazebroek, die op slaapverwekkende toon een stukje voorlas uit een Engels boek dat hij nota bene spannend had genoemd, maakte het nog moeilijker. De uitspraak van Engelse woorden leerde je van tv-films en niet van een leraar die expres langzaam sprak, alsof hij iemand op zo'n ouderwetse, te langzaam draaiende videoband na-aapte.

Linda, die naast haar zat, leunde tegen haar aan. Ze onderdrukte de neiging om haar hoofd op Linda's schouder te leggen en de strijd tegen de slaap op te geven. Linda was er niet veel beter aan toe dan zij, zag ze toen ze elkaar even aankeken.

In de zak van haar witte spijkerbroek trilde haar gsm'etje een keer kort. Een sms'je! Ze diepte haar mobieltje op, klapte het onder tafel open en begon het bericht te lezen.

Lieve June, Help me, help me alsjeblieft! Doe wat hij zegt. Niemand mag hiervan weten. Geen politie, anders zie je me niet meer levend terug. Ik krijg soms geen adem meer, ik houd dit niet lang meer vol. Antwoord met oké, ik smeek het je, Cindy.

Als versteend bleef ze naar het bericht staren, haar ogen wijd opengesperd. Toen begon ze te trillen en liepen de tranen over haar wangen. Een druppel viel op het schermpje van haar mobiel. Met een ruk stond ze op en liep naar de deur. Hazebroek en haar klasgenoten verdwenen in een waas. 'Ze voelt zich niet lekker,' hoorde ze Linda nog zeggen.

Over de lege gang snelde ze naar de meisjestoiletten. Zittend op de wc-bril las ze het bericht nog een keer. Wat moest ze in 's hemelsnaam doen; wat kon ze doen? Het berichtje doorsturen naar Joke en daardoor Cindy's leven in gevaar brengen? Dat was wel het laatste wat ze wilde. Er met niemand over praten, ook niet met Linda? Hoe kon hij erachter komen als ze dat wel deed? Wat wilde hij van haar? Daar zou ze pas achterkomen als ze het gevraagde antwoord stuurde.

Met trillende duim drukte ze op beantwoorden en toetste 'oké' in het lege schermpje. Even aarzelde ze nog en drukte toen op verzenden. Een onbekend nummer verscheen. Het bericht was dus niet met Cindy's telefoontje verstuurd. Zo-even was dat niet tot haar doorgedrongen. Haar duim zocht de oké-toets. Ze hoorde iemand de toiletruimte binnenkomen.

'June, ben je hier?'

Linda's stem. Ze stond op en liep naar buiten.

Linda keek haar doodongerust aan. 'Wat is er met je? Ik schrok me rot toen je opeens wegliep.'

Zwijgend gaf ze Linda haar mobieltje, met het bericht in het scherm.

Linda hapte naar adem toen ze het had gelezen, en ze moest zich aan de deurpost vasthouden om niet te vallen. 'Wat ga je doen?' klonk het benauwd.

'Ik heb oké geantwoord. Wat kon ik anders?'

'Eh... Dat weet ik niet zo snel.'

'Er kan dus ieder moment een nieuw bericht binnenkomen. Wil jij snel teruggaan naar de klas en tegen Hazebroek zeggen dat ik misselijk ben en dat jij me naar huis wilt brengen?' stelde June praktisch voor.

'Tuurlijk. Dat vindt hij vast wel goed. Zal ik je rugzak meenemen?'

June knikte.

Linda was nog maar net weg of het nieuwe sms'je kwam binnen. Om niet door een leerling gestoord te worden, ging June weer een wc binnen, sloot de deur en ging op de bril zitten. Ze moest het bericht twee keer lezen om het goed tot zich te laten doordringen.

Neem vanmiddag de trein van 14.10 uur naar Castricum. Daar stap je over op de bus naar Bakkum. Uitstappen bij Johanna's Hoeve. De weg richting strand volgen tot aan een parkeerterrein links. Loop het op. Bij de bosrand staat een groene keet. Je vindt daar nieuwe instructies. Niemand mag je zien. Géén politie als je je vriendin levend terug wilt zien. Een fout van jou kan fataal zijn voor haar.

Pas toen ze Linda terug hoorde komen, stond ze op en opende de deur.

'Hazebroek vond het goed. Heeft hij al geantwoord? Je kijkt alsof het heel erg is.'

'Lees maar.'

Linda pakte het mobieltje aan. Terwijl ze het bericht las werd haar gezicht spierwit.

June zag haar eigen angst weerspiegeld in de ogen van haar vriendin.

'Niet doen, June,' fluisterde Linda. 'Hij wil je erin laten lopen, jou ook te pakken nemen. Dit is niet normaal, dat je zoiets moet doen.'

'Wat moet ik dan doen? Als ik het niet doe, dan...'

'Misschien dreigt hij alleen maar.'

'Waarom? Met welke bedoeling?'

'Jij bent zijn volgende slachtoffer, als je doet wat hij vraagt. Waarschuw Joke, June. Niet doen wat hij zegt.'

'En als Cindy daarna ergens dood wordt teruggevonden? Dan is het mijn schuld.' Opeens vocht ze weer tegen de tranen. 'Dat mag ik niet laten gebeuren. Daar kan ik toch niet verder mee leven?'

De deur werd opengesmeten. Twee meisjes, brugklassers zo te zien, kwamen giechelend binnen. Een van hen dook meteen een wc binnen. Het andere meisje nam hen nieuwsgierig op.

June pakte Linda bij een arm en trok haar mee naar buiten. 'Ik moet dit doen, Lin,' zei ze toen ze op de gang liepen. 'Jij wilt toch ook niet dat Cindy iets overkomt? Bovendien weet jij waar ik heen ga.'

'Je denkt toch niet dat ik je alleen laat gaan.'

'Niemand mag je zien, niemand mocht hiervan weten, daar was hij heel duidelijk in.'

'Dan ga ik zo ver mogelijk met je mee. Alleen dat laatste stuk naar die keet doe je alleen. Ik vind wel een plek waar ik me kan verstoppen en je kan blijven zien. Als er iets misgaat bel ik meteen naar Joke. En je moet mij meteen doorbellen welke instructies je in die keet vindt. Ik laat je echt niet alleen gaan hoor, June. Ik vertrouw het helemaal niet. Waarom zou hij daar instructies voor je achterlaten? Waar je Cindy kunt vinden soms? Dan had hij dat ook wel meteen kunnen vertellen.'

'Misschien wil hij er honderd procent zeker van zijn dat ik de politie niet waarschuw en is dit een test. Zodra hij politie bij die keet ziet, is Cindy...' Haar stem stokte even. 'Nee, ik moet dit echt doen, Linda. Dat zijn we aan haar verplicht, omdat we haar nooit alleen hadden mogen achterlaten, omdat...'

'Het is niet helemaal onze schuld, June. Praat jezelf dat niet aan. Wie verwacht er nou dat iemand Cindy ontvoert uit onze keet? Niemand toch,' probeerde Linda haar te overtuigen.

'Weet ik. Maar als wij niet...'

'Stop ermee, June. Hoe laat moet je de trein naar Castricum nemen?'

'Om 14.10 uur.'

'Dan hebben we nog meer dan een uur. We gaan dit samen doen, June, en we zien wel wat er van komt. Zolang hij niet doorheeft dat ik je in de gaten houd, zijn wij in het voordeel,' vervolgde Linda strijdbaar.

'Je hebt gelijk. Dit is misschien de enige kans om erachter te komen waar Cindy is, en wie haar heeft ontvoerd. Die mogen we niet verpesten. De politie komt tot nu toe geen stap verder, wij misschien wel.'

'Hier moet de auto van Romeo hebben gestaan' zei Tom. 'Vanaf dat huis daar' – hij wees naar een rijtjeshuis aan de overkant van de straat – 'moet die goed te zien zijn geweest, zeker omdat er vlakbij een lantaarnpaal staat.'

Joke keek in de aangewezen richting. 'En dus zou het de bewoner ook opgevallen moeten zijn dat hier na elf uur een andere auto heeft gestaan,' zei ze.

'Niet als hij na die tijd niet meer naar buiten heeft gekeken.'

'Hij heeft toch verklaard dat hij twee personen vanuit de keet naar die auto heeft zien lopen. Dat moet dan na elf uur zijn geweest,' hield Joke vol.

Tom knikte. 'We gaan het hem nog een keer vragen.'

Ze liepen om het woonblok heen naar de voordeur. Tom belde aan. Het leek wel of de bewoner op hen stond te wachten, want hij deed vrijwel direct de deur open. Vanonder borstelige wenkbrauwen namen twee donkere, wat vermoeid kijkende ogen hen nieuwsgierig op.

'Ik had u al zien rondkijken,' zei hij. 'Ik herkende u meteen, van vrijdagavond.'

'Dan hoeven we ons dus niet te legitimeren,' zei Tom glimlachend. 'Mogen we even binnenkomen?'

'Natuurlijk, natuurlijk.' Haastig deed de man een stap opzij. 'Komt u verder. Ik ben benieuwd wat u nog meer wilt weten.'

'Allereerst willen we graag zien vanaf welke plek u de onbekende auto hebt zien staan en de twee personen vanuit de keet ernaartoe hebt zien lopen.'

'Komt u maar mee.' Hij liep voor hen uit door een gang en een Z-vormige woonkamer naar een ouderwetse keuken, met donkerbruine kastjes, een beige aanrecht en een rij lichtgroene tegeltjes. Daarboven was een groot raam.

'Hiervandaan kon ik de auto zien staan, en al het gedoe bij die keet volgen, toen die er nog stond.'

Een misprijzende uitdrukking verscheen op zijn gezicht. De rimpels rond zijn mond leken er dieper door te worden en gaven hem een wat gekreukelde aanblik, vond Joke. Ze schatte hem tussen de zestig en zeventig, vrijgezel, of weduwnaar. Niets in huis wees op een vrouwenhand.

Tom stond naast hem en tuurde naar de geblakerde plek waar de keet had gestaan.

'U hebt tegen mijn collega verklaard dat de auto u was opgevallen vanwege het lawaai dat hij maakte,' zei hij.

'Klopt. Een sportuitlaat of zoiets. Een rotherrie dat dat ding maakte. Expres even gassen natuurlijk. Zal wel een jonge gozer zijn geweest, kan niet missen. Moet van de weg worden gehaald. Maar tegenwoordig mag alles blijkbaar.'

'Dan hebt u hem ook weg horen rijden, neem ik aan,' vervolgde Tom.

In het voorhoofd van de man verscheen een denkrimpel. 'Verrek, nu u het zegt...'

'U zag twee personen vanuit de keet naar die auto lopen,' hielp Joke. 'En kort daarna was die auto weg, dat heeft u verklaard. Was u in de tussentijd hier, of in de woonkamer?'

'Nu u het zegt,' herhaalde de man. De denkrimpel werd dieper. 'Ik had hem moeten horen wegrijden, ja. Dat ding maakte zo veel herrie dat het geluid boven de tv uitkwam. Ik keek naar een praatprogramma, en de deur naar de keuken staat altijd open. Vreemd, ik heb hem niet meer gehoord. Hij was weg toen ik hier een glas port ging inschenken. 'Hij haalde zijn schouders op. 'Dat weet ik zeker. Het was toen ongeveer kwart over elf, toen was het programma afgelopen.'

'Hebt u daarvoor ook tv gekeken?' vroeg Tom.

'Ja. Wat moet ik anders? Ik ben alleen, dan zet je al gauw dat ding aan, om een beetje aanspraak te hebben.'

Joke vond de man opeens heel aandoenlijk. Ze onderdrukte de neiging hem even over zijn arm te strelen.

'Herinnert u zich nog naar welk programma u keek?'

'Zeker. Naar Charlie's Angels, een speelfilm, met van die lekkere meiden.'

Joke zag op Toms gezicht een grijns verschijnen.

'Zaten daar misschien scènes in met veel lawaai?' vroeg hij.

Ze hoorde een zekere spanning in zijn stem. Slim van hem. Zij had die film ook eens gezien en herinnerde zich in ieder geval één scène met crossmotoren.

'Er wordt met motoren in gecrost,' zei ze voordat de man kon antwoorden.

'Klopt,' zei die. 'U hebt hem dus ook gezien. Leuke film, hè?'

'Het is dus heel goed mogelijk dat die auto precies tijdens die scène is weggereden,' suggereerde Tom.

'Dat had gekund, ja. Maar dat is niet gebeurd, want hij stond er even na elf uur nog.'

'De vraag is alleen of daar de hele tijd dezelfde auto heeft gestaan,' zei Tom. 'Als dat zo was, had u hem wel moeten horen wegrijden.'

De man keek opeens onzeker van de een naar de ander. 'Niet dezelfde auto?'

'Wij hebben reden om aan te nemen dat de auto die u hebt gezien is weggereden en dat er een andere auto voor in de plaats is gekomen. Denkt u alstublieft goed na, meneer. Weet u zeker dat u iedere keer dat u uit het raam hebt gekeken dezelfde auto hebt zien staan?'

'Nu ik er nog eens over nadenk... Ik dacht dat ik me vergistte, maar misschien toch niet.'

'Wat bedoelt u?' vroeg Tom.

'De auto waar die twee uit de keet naartoe liepen, had geen sportvelgen, dacht ik gezien te hebben. Als het een andere auto was geweest, had hij misschien ook geen dubbele uitlaat.'

Joke hield haar adem even in. 'Hoe zeker bent u daarvan?'

De man fronste zijn wenkbrauwen en dacht na. 'Ik weet eigenlijk wel zeker dat ik eerst sportvelgen heb gezien, en daarna gewone, van die grote, glimmende dingen. Ik heb daar verder niet bij stilgestaan. Maar nu ik erover nadenk... Die pasten natuurlijk niet bij een auto met een sportuitlaat.'

'Vandaar dat u hem niet hebt horen wegrijden,' stelde Tom vast. 'U hebt ons heel erg geholpen, meneer.'

De man keek opgelucht. 'U kunt hiermee dus verder?'

'Dat hopen we. Kunnen we door de achterdeur naar buiten?'

'Natuurlijk.'

Nadat ze de man een hand hadden gegeven en hem nogmaals hadden bedankt, liepen ze naar buiten.

'Die Romeo heeft dus niet gelogen,' zei Tom. 'Cindy zou wel eens niet door hem, maar door een volslagen onbekende meegenomen kunnen zijn.'

'Om het nog ingewikkelder te maken,' verzuchtte Joke. 'Wat nu?'

'De hondenbezitter die sigaren rookt. We moesten maar eens bij zijn huis gaan kijken. Wie weet is er iemand aanwezig.'

Het huis lag met een paar identieke, vrijstaande jarendertig-woningen direct naast het laatste blok nieuwbouwhuizen. Ze liepen door een klaphekje over een grintpaadje naar de voordeur. Binnen sloeg een hond aan. Joke drukte op de bel. Tot haar verrassing werd al snel opengedaan. In de deuropening stond een vrouw van een jaar of vijftig, schatte ze, die hen nieuwsgierig opnam. Haar gezicht was opvallend bruin.

'Wij zijn van de recherche,' zei Joke terwijl ze haar legitimatie liet zien. 'En we wilden u graag een aantal vragen stellen.'

'Waar gaat het over?' vroeg de vrouw wantrouwig.

'Het heeft te maken met die indrinkkeet verderop die is afgebrand, en met uw hond,' zei Tom.

'Alsof hij daar iets mee te maken heeft,' snoof de vrouw. Ze bleef in de deuropening staan als een wachtpost die niet van plan was iemand door te laten.

'Het verhaal gaat dat hondeneigenaren hun honden met opzet bij die keet hun behoeften lieten doen,' verklaarde Tom. 'Omdat ze last hadden van de pubers die daar kwamen.'

'Een zooitje ongeregeld, dat was het daar. Seks, drugs en rock en roll zouden wij vroeger hebben gezegd. En dan die herrie waarop we 's nachts regelmatig werden getrakteerd... Van mij mag dat tuig in de stront zakken.' Haar ogen keken fel.

'Hondenstront dus,' zei Tom laconiek. Hij onderdrukte een glimlacht, zag Joke. 'Wij hebben aanwijzingen dat uw man jullie hond daar zijn behoefte heeft laten doen vlak voordat die keet in de fik ging. Zouden we hem zelf even kunnen spreken?'

'Dat wordt moeilijk. Hij is er niet. Ik verwacht hem vanavond weer thuis.'

'Kunt u ons dan alvast vertellen of hij daar inderdaad is geweest, vlak voor de brand?'

Ze trok een gezicht van: hoe kun je mij dat nu vragen? 'Ik kan er niets over zeggen, ik was op vakantie.'

'Naar een warm land, zo te zien.'

'Naar Spanje.'

'Zonder uw man?'

'Ja,' klonk het weinig toeschietelijk. 'Met een vriendin. Nico, mijn man, kan alleen vrij nemen als half Nederland plat ligt, in het hoogseizoen. Dat heb je met een eigen bedrijfje.'

'Juist,' zei Tom. 'Dan moeten we onze vraag inderdaad zelf aan uw man stellen. Klopt het dat hij sigaren rookt?'

De vrouw keek hem verbaasd aan. 'Nou nou. Heeft de politie zijn doopceel soms gelicht? Hij heeft toch niets uitgevreten, hè, tijdens mijn afwezigheid?' Op haar gezicht verscheen een misprijzende uitdrukking.

'Voor zover wij weten niet,' verzekerde Tom haar. 'Wij wilden alleen van hem weten of hij vlak voor de brand iets verdachts heeft gezien.'

'O, ik begrijp het. U denkt dat die keet is aangestoken en bent op zoek naar de dader.'

'Inderdaad. Goed, dank u wel. We nemen nog wel contact op.'

Het grint knarste onder hun voeten toen ze wegliepen.

'Ik wil beslist weten of het deze man was die Rafaëlla daar met zijn hond heeft gezien,' zei Tom. 'De kans is groot dat hij die twee personen naar de onbekende auto heeft zien lopen.'

'Laten we hopen dat hij nog meer heeft gezien.'

Hoofdstuk 19

Het parkeerterrein lag er verlaten bij. Er stonden slechts twee auto's, helemaal vooraan, direct achter de slagboom. Logisch. Wie had er nou zin om op zo'n regenachtige dag in de duinen te gaan wandelen?

Gespannen liep June het terrein op. De groene keet, die in het sms'je was genoemd, viel niet te missen. Hij stond helemaal aan het eind tegen de bosrand aan. June huiverde, en niet alleen omdat haar kleren tijdens de wandeling hierheen van bijna een kwartier doornat waren geworden. Ze was samen met Linda rechtstreeks vanuit school naar het station gefietst, zonder eerst naar huis te gaan om een regenjack of een paraplu op te halen. Stel je voor dat haar moeder thuis was geweest, of Nathalie, en wilde weten wat ze ging doen. Ze zou niet weten welke leugen ze zo snel had moeten bedenken.

Langzaam liep ze naar de keet, al haar zintuigen gespannen, klaar om terug te rennen naar Linda, die zich in het struikgewas langs de weg had verstopt. Midden op het terrein bleef ze staan. Om haar heen heerste de stilte, even doorbroken door een auto die op de weg achter haar in een wolk van opspattend water voorbij reed. Het bleef maar regenen. Haar kleren begonnen doorweekt te raken. Ze rilde, zou het liefst willen omkeren en naar een plek gaan waar het droog was, en warm, en waar ze niet op haar hoede hoefde te zijn. Haar hand gleed in de zak van haar broek en omklemde het mobieltje. Haar ogen zochten de bosrand af. Niemand te zien. Ze draaide zich om naar de plek waar Linda zich verborgen had. Ze was niet te zien. Het gaf haar een veilig gevoel dat haar vriendin onmiddellijk hulp kon inroepen als er iets fout ging. Ze putte er zo veel moed uit dat ze verder kon gaan, tot bij de keet. Er zat een ruit in, die kon worden afgesloten door een luik, dat nu was opengeklapt. Op haar tenen liep ze naar de voorkant van de keet. Een dichte deur, geen trapje, zoals bij hun eigen keet. Niets wees erop dat er iemand was. Of pas was geweest. Het was zo angstaanjagend stil, dat ze haar hart hoorde bonzen. Als er nu iemand uit de keet kwam en haar naar binnen sleurde, zou, als Linda er niet was geweest, niemand dat merken.

Langzaam strekte ze haar arm naar de handgreep van de deur, die nogal hoog zat. In de keet zou ze verdere instructies vinden, had de man ge-sms't. Dan moest ze de deur wel openen, of ze wilde of niet. Ze haalde een keer diep adem, kneep haar ogen even dicht en telde tot drie. Toen trok ze de handgreep naar beneden. Heel langzaam opende ze de deur en gluurde naar binnen. Een opklaptafeltje en twee plastic tuinstoelen, zag ze in het schaarse licht dat door de ruit naar binnen viel. Opeens stokte haar adem. Haar hart sloeg over en begon als een bezetene te bonken. Ze hoorde zichzelf gillen. Alle voorzichtigheid uit het oog verliezend keerde ze zich om naar de plek waar Linda zich verborgen hield.

'Help!' schreeuwde ze. 'Linda, help!'

Daarna klom ze in de keet, schopte de stoel die in de weg stond opzij en boog zich over het lichaam dat op een luchtbed lag. Twee doodsbange, uitpuilende ogen keken haar aan. Cindy hijgde zwaar. Ze had de grootste moeite om door haar neus in en uit te ademen. Haar gezicht was rood aangelopen. Over haar mond zat een breed stuk tape, dat een paar keer om haar hoofd was gewikkeld en daardoor vanzelf vastgeplakt zat. Ze lag op haar zij, haar handen en voeten met touwen vastgebonden.

Junes vingers trilden zo dat het haar niet meteen lukte om de tape los te maken. De stroken zaten aan Cindy's haar vastgeplakt. Het kostte haar de grootste moeite om het eind van de tape met haar nagel op te wippen. Toen ze de rand eenmaal vast kon pakken, ging het gemakkelijker. Voorzichtig begon ze de tape los te trekken. Cindy's gezicht vertrok van de pijn omdat ze wat haren meetrok.

Haar lippen... Dat moest nog meer pijn doen, tenzij ze de tape in een ruk lostrok. Ze keek de andere kant op toen ze het deed, om Cindy's ogen niet te hoeven zien. Cindy schreeuwde van pijn en opluchting tegelijk. Ze haalde een paar keer diep adem en keek June dankbaar aan.

'Wat ben ik blij dat ik je zie, June.' Ze begon te huilen. Tussen het snotteren door kreeg ze eruit dat hij misschien nog in de buurt was.

Bij de deur klonk gestommel. In een reflex pakte June de poten van de stoel die ze opzij had getrapt en tilde hem op. Haar zou hij niet zomaar te pakken krijgen, wie hij ook was, en wat hij met haar en Cindy van plan was. Als ze de kans kreeg sloeg ze die rotzak de hersens in.

In de deuropening verscheen het bange gezicht van Linda. 'June, wat is er? Waarom gilde je? Ik heb meteen naar Joke gebeld. Ze is al op weg hiernaartoe.'

Toen viel haar oog op Cindy. 'Cindy...' stamelde ze. Ze klom de keet in en liep op haar vriendin af.

'Heb je niemand gezien?' vroeg June terwijl ze de stoel weer liet zakken.

'Gelukkig niet. De politie komt eraan.' Ze liet zich naast Cindy op de vloer zakken en begon de touwen los te knopen. 'Ik ben zo blij dat je nog leeft, Cin,' fluisterde ze terwijl de tranen over haar wangen liepen.

'Eigenwijze rotgrieten,' mopperde Tom. Hij had een blauw zwaailicht op het dak van de politieauto gezet en joeg de auto met grote snelheid over de weg.

'De parkeerplaats tussen het strand en Johanna's Hoeve. Komt je dat bekend voor?'

'Ik denk zelfs dat ik weet waar het is. Niet de provinciale weg via Heiloo nemen, dat houdt te veel op. Pak de volgende afslag, eerst richting Egmond. Ik wijs je de weg wel.'

Met gierende banden sloeg de auto rechtsaf, zonder af te remmen voor een rood stoplicht. Jokes mobieltje ging over. Terwijl ze de deur vastgreep omdat Tom door een bocht vloog, nam ze haar mobieltje dat overging op.

'Hoi Linda... Wát zeg je... Hebben jullie haar gevonden? Echt waar?... Geweldig. Hoe is het met haar... Goddank... Nee, blijf waar jullie zijn. Over een minuut of twintig, vijftien misschien, als Tom zo blijft rijden... Ik begrijp het. Wacht dan maar langs de weg op ons als jullie je daar veiliger voelen. We zien jullie zo. Volhouden, hoor.'

'Het is niet waar,' zei Tom toen ze het hem vertelde. 'Hoe is het mogelijk dat ze haar hebben gevonden?'

'Soms kunnen eigenwijze rotgrieten meer dan je zou verwachten.'

'Hoe is het met Cindy?'

'Daar krijg ik niet goed hoogte van. Linda was nogal emotioneel.' Joke tikte een nummer op haar mobiel in. 'Joke Frederiks, recherche. Ik heb zo snel mogelijk een ambulance nodig, op de parkeerplaats langs de weg tussen Castricum en Bakkum. Wij zijn er over een kwartier en zullen hem daar opwachten. Alvast bedankt.'

'Is ze op een parkeerplaats gevonden?' vroeg Tom.

'In een keet, met haar handen en voeten vastgebonden, en een afgeplakte mond, zodat ze niet om hulp kon roepen.'

'Maar hoe wisten die meiden dan dat ze daar was?'

'Geen idee. We zullen het hele verhaal zo dadelijk wel horen.' Ze slaakte een kreet en kwam in haar veiligheidsgordel te hangen toen Tom boven op zijn rem moest gaan staan. Vlak voor hen draaide een tractor de weg op.

'Hufter,' gromde Tom. 'Die moet ons toch gezien hebben.'

'Je weet het nooit met die lui in die grote dingen,' zei Joke die even stoom moest afblazen. Terwijl de auto de tractor passeerde, keek ze omhoog naar de boer en schudde haar hoofd. Hij grijnsde breed en stak zijn hand op.

Iets meer dan tien minuten later passeerde ze Johanna's Hoeve. Even later zagen ze de drie meisjes op het fietspad staan, met de armen om elkaar heen geslagen.

'Wat een opluchting,' zei Tom. 'Nu die rotzak nog die voor al deze ellende heeft gezorgd.'

'Ze zien eruit als een stel verzopen katten,' zei Joke medelijdend. 'Gelukkig is het opgehouden met regenen.'

Toen de auto was gestopt sprong ze er als eerste uit en rende naar de meisjes. In de verte klonk de sirene van de ambulance al.

Cindy zat naast haar moeder, die een arm om haar heen had geslagen, op de bank en hing tegen haar aan. Ze was erg zwijgzaam, vond het zo te zien wel best dat haar ouders en haar vriendinnen luchtig en op vrolijke toon met elkaar praatten. Die luchtigheid was wel een beetje gemaakt, zo voelde June het tenminste. Nu de eerste explosie van blijdschap omdat ze Cindy hadden teruggevonden, wat was afgezwakt, borrelden allerlei vragen op. Daar konden wel eens heel vervelende antwoorden op komen, antwoorden die ze misschien helemaal niet wilden horen, zeker Cindy's ouders niet.

Alles wat er vanmiddag was gebeurd, vooral vanaf het moment dat ze de deur van de keet had geopend, stond onuitwisbaar in

Junes geheugen gegrift. De blijdschap, de tranen, de ontlading toen ze Cindy hadden losgemaakt en uit de keet hadden geholpen. Ze hadden daarna niet al te lang op Joke en Tom hoeven wachten. Vrijwel meteen nadat die uit hun wagen waren gesprongen en op hen af waren gerend, met opgeluchte, maar ook bezorgde gezichten, was er een ambulance gearriveerd. Cindy moest onmiddellijk mee naar het ziekenhuis voor onderzoek. Ze haalde nog steeds moeilijk adem en had dringend behoefte aan medicijnen. Ze zou een volledig medisch onderzoek krijgen, om vast te stellen of ze blijvende schade had opgelopen, zei Joke. Om vast te stellen of ze was verkracht, of afgeranseld, of wat voor andere vreselijke dingen dan ook, bedoelde ze natuurlijk, maar dat zei ze niet. Cindy had daarover niets gezegd terwijl ze op de politiewagen stonden te wachten. Ze herhaalde steeds maar dat ze zo verschrikkelijk blij was dat het voorbij was, dat ze weer bij elkaar waren.

Toen ze haar hadden losgemaakt kon ze eerst nauwelijks staan. Haar polsen deden pijn van de strak eromheen gebonden touwen. Ze masseerde ze voortdurend. Ze had al uren vastgebonden gelegen, wilde ze wel kwijt, eerst in de achterbak van een auto, en daarna heel lang in de keet. Ze was ervan overtuigd dat hij haar daar had neergelegd om het ding daarna in brand te steken.

'Ik ben in mijn leven nog niet zo blij geweest als nu,' zei Cindy's moeder. Ze aaide haar dochter voortdurend over haar hoofd en trok haar dicht tegen zich aan. 'Hoe heeft dit kunnen gebeuren? En waarom jij?' Vol onbegrip schudde ze haar hoofd.

'Als wij haar niet alleen achter hadden gelaten,' begon Linda bedeesd.

'Het is jullie schuld niet.' Voor het eerst klonk Cindy's stem beslist. 'Ik heb dit helemaal aan mezelf te wijten.'

'Kind toch,' zei haar moeder geschrokken. 'Je moet niet zo hard zijn voor jezelf. Je bent pas zestien.'

'Ik had niet zo stom moeten zijn om zo veel te drinken nadat ik al...' Ze staarde voor zich uit, wilde het haar ouders blijkbaar niet aandoen om een inkijkje in haar leven te geven.

'Ze hadden je een pilletje laten slikken,' probeerde haar vader. 'Daar stond iets over in de krant.'

Cindy sloot heel even haar ogen en staarde toen weer naar een plek op de muur. June kreeg nog meer medelijden met haar. Dit was een heel andere Cindy dan die van vrijdagavond. Die deed er niet geheimzinnig over of ze een pilletje meer of minder had geslikt, en ook nog eens flink had gedronken. 'Laten slikken,' zei haar vader, om het wat minder erg te laten lijken. Misschien was het maar het beste dat hij dat geloofde. Cindy leek dat ook te denken.

'Ik voelde me opeens zo beroerd,' zei ze zacht. 'Ik kon niet meer op mijn benen staan. Het was juist goed dat jullie me naar binnen hebben geholpen. Ik wist nauwelijks wat er gebeurde. Ik herinner me nog wel dat Ronaldo er opeens was, samen met een meisje. Ze hebben me cola laten drinken. Daarna ben ik weer in slaap gevallen, tot die engerd me wakker maakte.'

Het werd doodstil in de kamer. Tot nu toe had ze niets over haar ontvoerder willen zeggen, ook niet tegen de politie. Tom Speelman had besloten om haar pas morgen te verhoren, en haar de tijd te geven om een beetje tot zichzelf te komen.

'Hij deed erg zenuwachtig. Ik moest daar onmiddellijk weg, zei hij, omdat anders mijn leven gevaar liep. Ik begreep er niets van, was kotsmisselijk. Hij trok me overeind, dwong me om te gaan staan en met hem mee te lopen. Dat heb ik gedaan, al kan ik me niet herinneren hoe ik buiten ben gekomen. Hij heeft me ondersteund, geloof ik, en me achter in een auto gezet. Ik heb wel geprobeerd om wakker te blijven, omdat ik voelde dat het niet klopte en bang werd. Tijdens het rijden ben ik toch weer in slaap gevallen.'

'Dat je leven gevaar liep klopt wel,' zei Linda. 'De keet is daarna afgebrand.'

Cindy huiverde. 'Ik weet het. Hij heeft me dat later verteld. Toen ik wakker werd lag ik op een matras in een kelder. Mijn handen waren op mijn rug gebonden en hij had die ellendige tape over mijn mond geplakt. Ik kreeg het meteen zo benauwd.' De tranen sprongen in haar ogen bij de herinnering. 'Toen ik probeerde op te staan begon er een hond naar me te grommen. Ik schrok me dood, ben doodstil blijven liggen. Even later kwam die vent binnen. Hij had een nylonkous over zijn hoofd getrokken.'

'Je had hem toch al gezien,' merkte haar vader op.

'Niet echt. Het was donker, en ik kon al nauwelijks uit mijn ogen kijken. Ik herinner me zijn gezicht helemaal niet.'

'Hopelijk komt dat nog, dan kunnen ze die rotzak oppakken.' Haar moeder trok Cindy's hoofd tegen haar borst en kuste haar

haar. 'Wil je ons vertellen wat er daarna is gebeurd? Misschien lucht dat je op. Het hoeft niet hoor, als het nog niet lukt.'

Cindy keek zwijgend voor zich uit. Ze vocht tegen de emoties, zag June. Haar moeder had wel gelijk. Door nare dingen die haar waren overkomen aan anderen te vertellen, kon ze zich beter gaan voelen, omdat ze die ellendige ervaringen dan deelde met anderen, die haar konden helpen ze te verwerken.

'Hij wilde de tape van mijn mond halen als ik beloofde dat ik niet ging schreeuwen. Als ik dat toch deed zou zijn hond me te pakken nemen. Dat zou ook gebeuren als ik probeerde ervandoor te gaan. Dat rotbeest zat me de hele tijd aan te staren, op nog geen meter afstand. Toen ik wilde opstaan gromde hij weer. Pas toen zijn baas hem beval een stuk verderop te gaan zitten, deed hij dat. Ik was zo bang voor dat kreng, nog banger dan voor zijn baas, met die idiote nylonkous over zijn kop.'

'Je kreeg het natuurlijk extra benauwd door die hondenharen,' zei haar moeder hoofdschuddend. 'Wat vreselijk voor je. Mocht je wel je puffer gebruiken?'

'Nee.' Ze pakte haar glas cola van tafel en nam een slok.

'Misschien blufte hij wel, en had dat beest je niets gedaan,' zei haar vader.

'Dat wist ik toch niet. Zo'n grote hond, met een brede kop, een bek vol scherpe tanden. Dan ben je echt wel bang, hoor.'

'Begrijpelijk.'

Nu moest ze gaan vertellen wat de man van haar wilde, wat er verder was gebeurd. Bijna als vanzelf hield June haar adem in. Het leek wel of iedereen wist dat het ergste nog moest komen, maar niemand zei iets, of durfde verder te vragen.

'Hij trok de tape van mijn mond,' vervolgde Cindy toonloos. 'Mijn handen bleven vastgebonden. Die zou hij alleen losmaken als hij zeker wist dat ik heel erg lief voor hem wilde zijn.' Haar stem haperde. 'Dat had hij verdiend, zei hij, omdat hij mijn leven had gered. De keet waarin ik had gelegen was namelijk afgebrand.'

De emoties werden haar te veel. Ze sloeg haar handen voor haar gezicht en begon geluidloos te snikken.

'Ik kon niets doen, door die hond. Ik ben nog nooit zo bang geweest,' bracht ze met gesmoorde stem uit.

'Laat maar, je hoeft niet verder te vertellen,' suste haar moeder.

Ze knuffelde Cindy alsof ze een baby was. Er rolde een traan over haar wang, zag June, die ook moeite had haar emoties te bedwingen. Ze begreep best dat ze zowel opgelucht was vanwege de goede afloop als verdrietig om wat er met haar dochter was gebeurd.

'Het belangrijkste is dat je het er levend van hebt afgebracht,' zei haar vader met schorre stem. 'Dankzij je vriendinnen, die zo dapper zijn geweest om naar die keet te gaan. Ga lekker naar bed en probeer wat te slapen. Vertel morgen alles aan de politie wat je je herinnert, zodat ze die gore rotzak kunnen arresteren voordat ik hem te grazen neem.'

June keek hem geschrokken aan. Zijn gezicht was verkrampt van woede, zijn ogen stonden fel, een heel andere man dan die van een paar dagen geleden. Vreselijke gebeurtenissen kunnen mensen blijkbaar onherkenbaar veranderen. Ze keek vragend naar Linda. Die begreep haar onmiddellijk, knikte en stond op.

'We gaan naar huis,' zei ze. 'Morgen komen we je weer opzoeken, hoor. Ga maar lekker slapen.'

'Het ziekenhuis heeft me slaappillen meegegeven, dus dat zal wel lukken.' Ze deed haar best om te glimlachen. 'Morgen ziet de wereld er misschien een beetje vrolijker uit, hoop ik.'

Hoofdstuk 20

'Wat hij precies met je heeft gedaan, hoef je ons niet te vertellen, Cindy,' zei Joke. Ze had diep medelijden met het meisje dat tegenover haar en Tom zat, slecht op haar gemak, emotioneel en snel in tranen. Pas zestien, en al meer meegemaakt dan de meeste vrouwen in een heel leven.

'Bewaar dat maar voor de rechtbank, als we hem gepakt hebben, zodat hij zijn straf niet ontloopt,' zei Tom.

'Moet ze dan alles vertellen wat hij met haar heeft uitgespookt?' vroeg Cindy's moeder geschrokken. 'Dat is toch afschuwelijk.'

'Dat is het ook.' Tom maakte een verontschuldigend gebaar met zijn handen. 'Maar een rechter kan alleen een vonnis uitspreken als hij precies weet wat er is gebeurd.'

'Vreselijk,' zei Cindy's vader, terwijl hij met zijn stropdas speelde.

'Die man mag dus niet op vrije voeten blijven. En jij kunt ons helpen hem te pakken te krijgen, Cindy. Het gaat ons vooral om dingen waaraan we hem kunnen herkennen,' zei Joke. 'Hij heeft een hond. Uit jouw beschrijving maak ik op dat het een Rottweiler is. Je had het over een kelder. Kon je geluiden van buiten horen?'

Cindy knikte. 'Vaag, alsof alles heel ver weg was.'

'We zagen op de foto die jij hebt gemaakt een zak hondenvoer en iets wat op een uitlaat leek van een motor. Heb je die ook gezien?' vroeg Tom.

'Ja, een uitlaat van een motor. Hij zag er nieuw uit.'

'Waren er geluiden die je herkende?' vroeg Tom.

Ze dacht lang na en schudde toen ontkennend haar hoofd. 'Het was altijd erg stil. Alleen af en toe een auto in de straat waar het huis stond.'

'Geluiden van buren misschien?' probeerde Joke.

'Helemaal niet. Er was niemand anders in dat huis dan die man.'

'Je weet niet goed meer hoe lang je die avond in de auto hebt gezeten voor je er was,' zei Tom. 'Maar je had wel al een tijdje gereden voordat je in slaap viel. Hoe lang ongeveer, schat je?'

'Dat is heel moeilijk. Minstens een kwartier, misschien langer. Maar ik weet het niet zeker.'

'Heb je op een snelweg gereden, of op de rondweg.'

Cindy's ogen lichtten op. 'De rondweg, dat weet ik nog wel, en ook een stukje snelweg. Toen moet ik in slaap gevallen zijn.'

'Hoe lang ben je ongeveer onderweg geweest van zijn huis naar dat parkeerterrein waar hij je in die keet heeft gelegd?' vroeg Joke.

'Een uur, misschien,' antwoordde ze aarzelend. 'Wel lang, dat weet ik zeker.'

Joke keek Tom aan. 'Toch Andijk?' vroeg ze.

'Niet uitgesloten. Blijft wel de vraag hoe hij wist dat die indrinkkeet in brand zou worden gestoken, terwijl hij ver weg woonde.'

'Wonen in Alkmaar en een tweede huis in Andijk,' suggereerde Joke.

'Ik vind het niet logisch dat iemand die in Alkmaar woont zo dichtbij een tweede huis heeft.'

'Misschien als belegging,' zei Cindy's vader. 'Of voor de verhuur.'

'In juni zijn zulke huizen meestal verhuurd.' Tom keek bedenkelijk. 'Nee, ik geloof niet dat je in een vakantiebungalow hebt gezeten, Cindy. Die dingen hebben volgens mij geen kelder. Denk nog eens goed na. Is er niet iets wat je je van die man herinnert, behalve dat hij niet al te groot was, en altijd een nylonkous over zijn hoofd droeg?'

'Ja, hij rookte sigaren, en had vaak een raar kuchje.'

'Wat zeg je nou? Hoe weet je dat? Hij had toch altijd die nylonkous over zijn hoofd?' Tom nam Cindy indringend op; zijn stem verraadde een opkomende spanning.

'Ik mocht af en toe naar de wc. Dan liep die hond altijd vlak achter me. Hij bond ook een blinddoek voor mijn ogen. Op de wc moest ik alles maar op de tast doen. Een keer stond hij te roken toen ik er vanaf kwam, een zware lucht, van een sigaar. Ik kreeg het er hartstikke benauwd van. Toen mocht ik wel een pufje van hem nemen, omdat hij ervan schrok, geloof ik.'

'Een sigarenrokende hondenbezitter, een zo te horen vrijstaand huis, iemand die wist dat die keet in brand gestoken zou worden en – toevallig of niet – alleen thuis was.' Tom stond abrupt op van zijn stoel. 'Ik denk dat we genoeg weten. Je hebt ons heel goed geholpen, Cindy.'

'Een ding nog,' zei Joke terwijl ze ook opstond. 'Je had een pilletje geslikt, vertelde je. We zijn er al van op de hoogte dat er regelmatig zulke pilletjes en ook andere drugs bij die keet opdoken. Kun jij vertellen wie ervoor zorgde dat die rommel daar kwam?'

Cindy aarzelde, keek even naar haar ouders. 'Ronaldo,' zei ze toen. 'Hij kon overal aankomen, als je dat wilde.'

'Ronaldo? Hoe is het mogelijk. Wat een uitgekookte glibberaar. En wij hadden dat niet door.' Jokes gezicht stond grimmig. 'Ik verheug me nu al op een pittig gesprek met dat ettertje.'

'Ik denk niet dat het bij een gesprek blijft,' vulde Tom aan. 'Maar eerst hebben we wat anders te doen. Nogmaals bedankt, Cindy. Rust een paar dagen lekker uit.'

'Ze heeft morgen een gesprek met iemand van slachtofferhulp,' zei haar moeder.

'Heel goed. Zulke mensen kunnen je helpen de nare dingen die je hebt meegemaakt, te verwerken.'

De deur werd weer opengedaan door de vrouw met het vakantiebruine gezicht, waarop een lichte irritatie verscheen toen ze hen herkende. De hond, die had geblaft toen ze aanbelden, dook achter haar op in de gang.

'U treft het, mijn man is thuis. Zal ik even vragen of hij u te woord wil staan?'

'Ik vrees dat hij weinig keus heeft,' zei Tom laconiek. Hij hield een papier voor haar neus. 'We hebben een arrestatiebevel. Wilt u die hond even in een kamer of de kelder opsluiten, dan lopen we direct met u mee.'

'Een arrestatiebevel? Voor mijn man? Dat moet een vergissing zijn.' Ze keek ongelovig naar de twee rechercheurs. 'Wat heeft hij dan gedaan? Hij is te schijterig om ook maar iets te doen wat niet mag, durft nog geen vijf kilometer te hard te rijden, of door een rood stoplicht te lopen.' Ongeloof maakte plaats voor minachting op het gezicht van de vrouw. 'Mijn Nico een misdadiger? Laat me niet lachen.'

'Sluit u alstublieft die hond op,' drong Tom aan. 'Misschien kent u uw man minder goed dan u denkt.'

'Dat zou me verbazen. Castro, hier.' De hond kwam gedwee naar haar toe. Ze pakte hem bij zijn halsband, opende een deur en duwde hem naar binnen.

'Komt u maar mee,' zei ze kortaf.

Ze volgden haar door een korte gang, die eindigde bij de deur naar de huiskamer.

'Nico,' zei ze toen ze deur had geopend. 'Bezoek voor je. Politie. Ze komen je halen.'

Het klonk bijna smalend, stelde Joke verbaasd vast.

De man die op de bank zat, liet zijn krant zakken en staarde hen aan.

'Bent u Nico van Gasteren, geboren op 3 augustus 1960?' vroeg Tom op formele toon.

De man knikte.

'Dan verzoek ik u met ons mee te komen. Ik heb hier een arrestatiebevel.'

De man stond langzaam op. De minachting die ze bij zijn vrouw meende te hebben gezien, sloeg op Joke over toen hij tegenover haar stond. Zijn broek zakte zo ver af dat het kruis ongeveer tussen zijn knieën hing. De rest van zijn kleren slobberden om zijn magere lijf. Over zijn leesbril keek hij hen onzeker aan. Hij kuchte een paar keer overdreven. Er hing een doordringende sigarenlucht in de kamer.

'Een arrestatiebevel, zegt u?' zei hij eindelijk.

Op zijn gezicht verscheen een gemaakt lachje. Een paar door het roken bruin geworden tanden werden even zichtbaar. Hij schraapte zijn keel in iets wat op een rochel leek. En dat afzichtelijke mannetje had Cindy... Joke gruwde. Als ze niet was lamgeslagen van angst vanwege zijn hond, moest een stevige meid als Cindy toch in staat zijn geweest om zich zo'n ventje van het lijf te houden. Zíj zou zijn iele armpjes met haar blote handen kunnen breken, als het moest. De aanblik van dit sneue mannetje maakte alles wat er was gebeurd nog onverkwikkelijker. Stomme meid, om zo van de wereld te raken door drank en drugs dat dit onsmakelijke type zijn kans kon grijpen.

'Inderdaad,' hoorde ze Tom op effen toon zeggen. 'Ik moet u erop wijzen dat u het recht hebt om te zwijgen en dat alles wat u zegt tegen u gebruikt kan worden.'

'Hoe zijn jullie erachter gekomen dat ik die keet in de fik heb gestoken?' De man nam hen nieuwsgierig op.

Tom keek enigszins verrast naar Joke, maar reageerde niet.

'Echt waar, Nico? Heb jij dat gedaan? Dat had ik niet achter je gezocht.'

Zijn vrouw bekeek hem verbaasd, toonde weer iets van respect. 'Word je voor zoiets tegenwoordig gearresteerd en opgesloten?' vervolgde ze op meer agressieve toon. 'Heeft de politie niets beters te doen dan mensen te vervolgen die ervoor zorgen dat die zuipketen verdwijnen?'

'Ach,' zei Tom minzaam. 'Misschien heeft uw Nico nog wel meer op zijn kerfstok.'

Nico gluurde over zijn brilletje naar Tom, frunnikte onrustig aan zijn broekriem en hees toen zijn broek op. 'Ik zou niet weten wat. Voor die keet wil ik wel een verklaring afleggen.'

'Dat zult u dan op het bureau moeten doen,' zei Tom. 'Gaat u mee.'

Een halfuur later zaten ze tegenover hem in de verhoorkamer. Onderweg had hij nog wel gevraagd waarvan hij dan nog meer werd verdacht, maar ze hadden geen antwoord gegeven. Hij had een andere aanpak in gedachte om hem een bekentenis te ontlokken, had Tom tegen Joke gezegd voordat ze de verhoorkamer in gingen.

Nico van Gasteren nipte voorzichtig aan het plastic bekertje met koffie dat ze hem hadden gegeven en deed een vergeefse poging om hen onbevreesd aan te kijken.

'Als ik een verklaring onderteken dat ik die keet heb aangestoken, mag ik dan weer gaan?' vroeg hij.

'Als dat het enige was, wel,' zei Tom droog. Hij haalde een foto uit een envelop die hij uit zijn kantoor had meegenomen en legde hem voor de man op tafel. Cindy's portret.

Van Gasteren keek er schichtig naar. 'Waarom laat u mij die foto zien?' probeerde hij.

'Kent u dat meisje niet?'

'Nee, nog nooit gezien.'

'Komt dit u wel bekend voor?' Tom pakte een van de deelvergrotingen die Marco had gemaakt van de foto waarop Cindy met afgeplakte mond doodsbang in de lens keek en legde die zwijgend voor hem neer.

Hij keek ernaar met gefronste wenkbrauwen, wist niet wat hij ervan moest denken.

'Vertelt u eens wat u ziet,' zei Tom.

'Een zak hondenvoer, een bakstenen muur, een deel van een uitlaat,' somde de man op.

'En komen u die toevallig niet bekend voor?'

Toms stem klonk neutraal, alsof hij iets alledaags vroeg. Joke keek even opzij. Wat deed hij dat goed. Of zou het mannetje op het laatste moment doorkrijgen in welke val hij dreigde te lopen?

'Eh... nee.'

'Kom nou toch, meneer Van Gasteren. Welk merk hondenvoer eet uw hond?'

'Pedigree,' klonk het aarzelend.

'Zoals op die zak te lezen valt dus. En dan die uitlaat ernaast. Die heeft u toch ook wel vaker gezien?'

'Eh...'

'Ik zal u op weg helpen. Zou deze foto niet in uw eigen kelder gemaakt kunnen zijn? Kijkt u eens naar die muur. Er zitten nogal opvallende krassen in die bakstenen.'

'Sinds waneer heeft de politie het recht om zomaar foto's in iemands kelder te maken?' vroeg hij terwijl rechtop ging zitten. 'Dat is huisvredebreuk.'

Op Toms gezicht verscheen een grimas. Hij knikte. 'U bent goed op de hoogte. Wij mogen zo'n foto inderdaad niet ongevraagd maken en dus ook niet als bewijsmateriaal gebruiken.'

'Dat zeg ik.' Van Gasteren leek zich wat zekerder te gaan voelen. 'In mijn kelder hebben jullie niets te zoeken.'

'Uw kelder? Dus u herkent dit allemaal wel?'

'Een onrechtmatig verkregen foto,' zei Van Gasteren zelfgenoegzaam. 'Waar u niets mee kunt.'

'Tenzij u hem zelf hebt opgestuurd.'

Tom had moeite om een triomfantelijk lachje te onderdrukken, zag Joke.

'Hè? Dat slaat nergens op.'

'O nee?' Met een klap legde Tom een andere foto voor hem op tafel. 'Dit stukje hebben we eruit gehaald en sterk uitvergroot,' wees hij. 'Dat meisje heeft dus in uw kelder gezeten. Daar hebt u haar gedwongen om deze foto van zichzelf te maken. Daarna hebt u hem via een sms'je naar een van haar vriendinnen gestuurd, vanaf een heel andere plek, om ons op het verkeerde spoor te zetten. Slim van u, maar verder...'

Tom leunde achterover en bleef de man observeren. Diens gezicht was knalrood geworden. Op zijn voorhoofd en onder zijn neus verschenen zweetdruppeltjes. Joke moest zich inhouden om niet tegen hem uit te vallen, hem toe te schreeuwen dat ze nog nooit zo'n miezerige sukkel had gezien.

'Dat kunt u onmogelijk bewijzen,' wist hij eindelijk uit te brengen.

'Het bewijs ligt voor u, meneer Van Gasteren. Als u blijft ontkennen, stuur ik straks een fotograaf met een huiszoekingsbevel naar uw woning om een paar foto's van uw kelder te maken. Geen rechter die de rechtmatigheid van zulk bewijsmateriaal in twijfel trekt. En dan doen we meteen een onderzoek naar DNA-sporen, zodat er geen enkele twijfel blijft bestaan over de vraag of dat meisje in uw kelder opgesloten heeft gezeten.'

'Dat kan ook iemand anders hebben gedaan. Ze zal me dan toch moeten herkennen en identificeren,' probeerde hij zich te verweren.

'Natuurlijk. Met een nylonkous over uw hoofd bent u niet te herkennen. Maar wat dacht u van uw stem, de stank van uw sigaren, uw hond, die ze erg goed kon beschrijven.'

Hij zuchtte, staarde naar de foto's en haalde nerveus een hand door zijn dunne, grijze haar.

'Waarom, meneer Van Gasteren?' vroeg Joke nogal impulsief. 'Hoe hebt u het in uw hoofd gekregen om dit een zestienjarig meisje aan te doen?'

Hij zweeg, keek haar even aan en sloeg zijn ogen weer neer.

'U kunt natuurlijk blijven zwijgen, of ontkennen, meneer Van Gasteren. Daar maakt u het voor uzelf niet beter op,' zei Tom. 'Een rechter kan daaruit de conclusie trekken dat u geen spijt hebt van wat u hebt gedaan.'

'Het was zo verleidelijk, zo gemakkelijk,' zei hij na een tijdje, terwijl naar de tafel bleef staren. 'Ik had dat meisje daar al vaker gezien. Ze ging met jongens die keet in, steeds met een ander, begrijpt u. Een hoertje, dacht ik. Zo kleedde ze zich ook. Ik zou die keet in de fik steken als mijn vrouw op vakantie was.'

'Dat had jullie afgesproken?' vroeg Tom ongelovig.

Van Gasteren knikte. 'Met een paar buurtbewoners. Ik moest het goede moment afwachten en vrijdagavond was het zo ver. Ik was er niet zeker van of er niemand was en heb eerst binnen gekeken. Die slet lag daar haar roes uit te slapen. Ik heb haar meegenomen, en vanaf dat moment ging het zo'n beetje vanzelf. Ze was doodsbang voor mijn hond, begrijpt u. En met die jongens deed ze het ook, dus wat maakte het uit.'

'Maar toen kwam uw vrouw thuis van vakantie,' zei Tom, 'en moest u van haar af.'

Hij knikte, bleef stug naar de tafel staren. 'Ik kon haar toch niet in het kanaal gooien, of voor een trein leggen, of zoiets gruwelijks. Daarom heb ik die sms'jes naar haar vriendin gestuurd, zodat ze zou worden gevonden.'

'Daarvoor hoefde u toch niet zo'n foto te versturen en zo'n vreemde opdracht te bedenken?'

'Dat van die foto en van die sms'jes had ik in een thriller gelezen. Dat kan ik ook, dacht ik. Ik zette de politie ermee op het verkeerde been. En wie zou vermoeden dat ik erachter zat?'

'U hebt er dus helemaal geen rekening mee gehouden dat u gepakt zou worden?' vroeg Joke ongelovig.

'Nee. Ze kon niet weten waar ik haar opgesloten hield. Om haar in de war te brengen heb ik expres met mijn auto een heel stuk omgereden. En herkennen kon ze me ook niet.'

'En u vond het wel stoer om zulke dingen te bedenken en uit te voeren?' viel Joke fel tegen hem uit. 'Dat krikte uw zielige ego wat op. Bah.'

Tom wierp haar een waarschuwende blik toe en schudde zijn hoofd. 'We gaan een eind maken aan dit gesprek, meneer Van Gasteren.' Hij stond op en wenkte een agent die op de gang liep. 'Zoek voor deze meneer maar een mooi plekje in ons cellenblok,' zei hij toen de agent binnenkwam. 'Dan kan hij vast wennen aan een wat langer verblijf in de gevangenis.'

Hoofdstuk 21

'Mijn drie favoriete webcam girls. Wat een verrassing! Terug van wegge-weest, Lollypop? Gaan we ons afspraakje overdoen?'

Cindy schoof achter het toetsenbord. 'Ik dacht het niet,' tikte ze. 'Zie je me opeens niet meer zitten?'

Hij keek zo treurig in de webcam dat ze er bijna van in de lach schoten.

'Ik had het me zo anders voorgesteld met jullie. Maar gelukkig heb ik de foto's nog, en een filmpje van jou, Lollypop, heel juicy.'

Zijn treurige blik maakte plaats voor een sluwe uitdrukking. 'Wat zal ik daar nou eens mee doen?'

'Rotzak,' gromde June. 'Wat zou ik die gozer graag te grazen willen nemen.'

'Dat gaan we toch doen,' zei Cindy.

'Aan ons terugsturen,' tikte June.

'Ik weet zeker dat ik een hoop mensen plezier kan doen met jullie voor-stelling. Met die van jou kan ik misschien wel geld verdienen, Lollypop. Terugsturen, zeg je? Ik ben niet gek.'

Hij knipoogde in de webcam.

Cindy klemde haar lippen op elkaar. Haar gezicht kreeg een vastberaden uitdrukking.

'Ik ga even bluffen,' zei June tegen haar vriendinnen.

'Er is vast ook iemand te vinden die jouw voorstelling van mij wil kopen. Heb je jezelf wel eens naakt op de monitor gezien terwijl je aan het gymnastieken bent?'

Heel even schrok hij. Toen verscheen er een grijns op zijn gezicht. 'Leuk geprobeerd, Geisha. Wat een pech nou dat ik je niet geloof.'

'O nee? Wil je een bewijs?'

'Hoe raad je het?'

June draaide de webcam een stukje en richtte hem op de open-geklapte laptop van Cindy.

'We hebben er alvast een cd'tje van gebrand,' tikte ze. 'Ik speel dat vieze stukje niet af hoor, anders ga ik over mijn nek. Maar dit is bewijs genoeg, dacht ik.'

Ze drukte een paar toetsen in. Romeo's gezicht vulde het scherm van de laptop.

Zijn gezicht veranderde van uitdrukking. Hij liep de kamer uit, kwam terug met glas bier en nam er een slok uit.

'*Genoeg gezien?*' typte June.

Hij keek kwaad in de webcam.

'*Kutgrieten. Zoiets doe je toch niet. Jullie hebben mij al die tijd opgenomen zonder het te zeggen?*'

'*Een vet filmpje van je gemaakt ook. Kunnen we vast veel geld voor vangen, van vieze, ouwe mannetjes bijvoorbeeld. We zullen er meteen je msn-naam bij vermelden, voor als ze een afspraakje met je willen maken. Je bent goed herkenbaar in beeld, vind je niet?*'

Romeo begon geagiteerd door zijn kamer te lopen. Ze keken er alledrie naar, met een brede grijns op hun gezicht.

'Dat geloof je toch niet,' zei Linda. 'Wij doen hetzelfde als hij, maar wij zijn opeens kutgrieten. Wat denkt hij wel?' klonk het verontwaardigd.

Romeo kwam weer naar de webcam. Hij had zijn lippen nog op elkaar geperst van ingehouden woede.

'*Kom maar met een voorstel,*' verscheen op het scherm.

'*Teruggeven heeft geen zin, want je hebt natuurlijk, net als wij, kopieën gemaakt.*'

'*Vertrouwen jullie me soms niet?*'

'***Nee!!***' tikte June met vette letters en twee uitroeptekens.

'*En dus?*'

'*Zolang wij niet op internet verschijnen, krijgt ook niemand jouw filmpje te zien. Deal?*'

Hij grijnsde wat ongemakkelijk.

'*Deal.*'

'*En als je toch iets stoms doet, gaat alles meteen naar de politie. Die is namelijk nogal in jou geïnteresseerd.*'

Hij stak zijn middelvinger op naar de webcam.

'*Dag Geisha's.*'

Het beeld verdween. Cindy slaakte een diepe zucht. June legde een arm om haar schouder.

'Vergeet hem, Cin. Daar horen we nooit meer iets van.' Ze zette de computer uit.

'Niet meer zuipen, niet meer rotzooien voor de webcam. Het lijkt wel of ik in een week een paar jaar ouder ben geworden,' zei Cindy met een vermoeid lachje. 'En Ronaldo kan me voorlopig niet meer verleiden om spul bij hem te bestellen.'

'Hoezo?' vroeg Linda. 'Dan ken je hem niet hoor, volgens mij.'

Cindy keek haar verbaasd aan. 'Weet je het nog niet?'

'Wat?'

'Ronaldo is twee dagen geleden opgepakt. Hij zit in een cel op het politiebureau.'

June en Linda keken haar ongelovig aan. 'Hoe kan het nou dat wij daar niets over hebben gehoord?'

'Hij kan het zelf niet meer vertellen, en zijn vriendjes houden er liever hun mond over.'

'Maar hoe weet jij het dan?' hield Linda aan.

'Ik wilde graag opnieuw beginnen, en dan moet je schoon schip maken,' zei Cindy. 'Ronaldo heeft mij een keer flink bedonderd, dus toen die politievrouw vroeg hoe ik aan mijn drugs kwam...'

'Je hoeft geen excuus te bedenken hoor,' zei Linda fel. 'Als jij het niet had gedaan, dan had ik hem erbij gelapt.'